AF438056

Höhle

Ein Science-Fiction-Roman

Richard G. Hole

Science-Fiction und Fantasy

Jeder Versuch einer Rebellion wurde mit dem Tode bestraft.

Der Versuch, die Apathie abzubauen, sie mit einer mehr oder weniger manuellen Arbeit abzuschütteln, so gering sie auch sein mochte, war der letzte Schmerz.

Die Desintegratoren.

Dort würden die Leichen aufhören, von denen es nicht die geringste Spur gab ...

Höhle ist eine Geschichte aus der Science-Fiction-Reihe, einer Sammlung von Science-Fiction- und Fantasy-Romanen

HÖHLE

KAPITEL I

Er hasste das alles.

Er hasste Kronos, und er hasste auch Alvia.

Alvia war groß, schön und hatte schwarze Augen.

Alvia war darauf programmiert, zu lieben, Kinder zu gebären, mit jemandem wie ihm oder besser als ihm zusammenzuleben.

Alles war auf dem Planeten programmiert.

Deshalb hasste er Kronos.

Deshalb hasste er Alvia.

Sie lebten beide ... vegetierten, schliefen oder liebten, aber mehr nicht. Das war seine Wissenschaft geworden.

Früher war das nicht so.

erinnerte sich Kelf.

Vor drei-, vier- oder fünftausend Jahren war das nicht so.

Was ist mit ihren Zellen?

Wie steht es um die biochemische Zusammensetzung Ihres Körpers?

Hassen Sie es auch?

Ja, auch eine andere Antwort gab es nicht.

Alvia war weißhäutig und rosig, Alvia war schlau, die Klügste in der Galaxy I.

Eine Menge, aber nicht genug, um in sein magnetisches Computergehirn einzudringen.

Es gab nur jemanden, der es übertraf, Kronos selbst.

Also musste er vorsichtig sein.

Das Sein-Roboter oder das Roboter-Sein.

Das war das Unbekannte.

Ein Wissenschaftler mit mehr als fünftausend Jahren Existenz, der sich von hier nach dort bewegen konnte, nach seinem freien Willen, nach seinem freien Willen, dessen Bewegungen jedoch automatisiert waren, weil alles kontrolliert wurde.

Sogar die Fähigkeit zu lieben oder zu hassen.

Nur Hass, wenn überhaupt, überstieg Kronos' Willen.

Ein Wille, der den Planeten zerstörte.

"Roboter", Mutanten, Maschinen überall.

Sie liebten, tranken, gingen ins sogenannte Kino oder Theater ..., mit Aufführungen und Filmen, die auf die Fünftelsekunde kontrolliert wurden.

Eine Stunde für den Anfang und eine weitere bis zum Ende.

Programm für Mittag-, Abendessen oder Schlafen.

Leere Felder und voller Robotermaschinen.

Sie taten und machten, wie sie wollten, säen und ernten Getreide, ohne einen einzigen Fehler.

Sogar das Wasser in den Wolken wurde kontrolliert.

Der Rest, die Wesen des Planeten, vegetiert in den Sesseln in der Sonne, an den Stränden, unter den Bäumen, liebend, streichelnd, küssend..., aber nicht mehr.

Zeit für die Liebe, zum Schlafen, zum Aufwachen ... und zum Spazieren gehen, lange Spaziergänge, unermüdliche Spaziergänge und sich dann irgendwo hinlegen.

Wie Frida und Volmen.

Von dort aus konnte ich sie sehen.

Neben dem Brunnen der Great Central Plaza, im Schatten, eng umschlungen ... Wesen, die nur zum Genießen verwendet wurden.

Aber was hat ihnen Spaß gemacht?

Kein Problem.

Sie waren ... unwirklich, obwohl ihre Schatten auf den Boden geworfen wurden.

Sie hatten keine Gefühle, keine eigenen Ideen, weil Kronos sie ergriffen hatte.

Genau wie es ihm ergangen ist.

"Kelf, du musst dies oder das tun" und er tat es.

„Alvia ist heute Nacht sehr einsam, geh zu ihr, Kelf", und er musste.

Stunden zum Lieben, Genießen, Lachen oder Singen; aber alles auf ausdrückliche bestellung.

Der Planet wurde von der Apathie der Wesen, die ihn bevölkerten, überfallen, und Kronos war der Hauptarchitekt gewesen, obwohl er auch einen Teil der Schuld daran hatte, dass dies geschah.

Vielleicht der Älteste.

Alvia wusste, wie man liebt, aber ihre Liebe wurde kontrolliert, und Kelf wollte das nicht.

Das Sein-Roboter oder das Robo-Sein.

Es war ... das übliche Unbekannte, das ihm Sekunde für Sekunde in den Sinn kam, sobald er einem dieser Mutanten gegenüberstand.

Aber wer war dort auf dem Planeten der Mutant, der Roboter?

Die Wesen, die es bevölkerten, wie er und Alvia, oder wurden sie Roboter genannt, die alles beherrschten, ihr Leben und ihren Geist beherrschten?

Jeder Versuch einer Rebellion wurde mit dem Tode bestraft.

Der Versuch, die Apathie abzubauen, sie mit einer mehr oder weniger manuellen Arbeit abzuschütteln, so gering sie auch sein mochte, war der letzte Schmerz.

Die Desintegratoren.

Dort würden die Leichen haltmachen, von denen es nicht die geringste Spur gab.

Deshalb hasste er Kronos, und deshalb hasste er sich selbst.

Alvia könnte Kinder haben.

Die Großen Ärzte des Planeten hatten es ihr gesagt, als sie zu ihm zog, aber Alvia wollte sie nicht.

Ihm gefiel der langsame Prozess oder die Unannehmlichkeiten, die er zweifellos bereiten würde, nicht.

Deshalb hasste er Alvia.

Sie gegen eine andere eintauschen, gegen ein anderes Wesen mit anderem Geschlecht, um mit ihm zusammenzuleben?

Er könnte natürlich, aber in seinem Bericht an den Präsidenten sollte er bestimmte Angaben machen, die er lieber für sich behielt.

Frida und Volmen hatten mit dem Rücken gegen die Stützmauer des Großen Zentralbrunnens gesessen.

Sie sahen sich in die Augen.

Kelf sah auf seine Uhr.

Sie hatten noch genau vier Minuten und dreißig Sekunden Zeit, dann standen sie von dort auf und begannen, Arm in Arm, den "üblichen" Spaziergang unter den Bäumen des Parks zu machen.

Kelf wusste, dass ein Roboter-Wesen ihnen eine Warnung senden würde, wenn sie für den Bruchteil einer Sekunde länger als nötig verweilten.

Der dritte, wenn er kam, würde bestraft und später, wenn die Tat wiederholt wurde ...

„Was guckst du, Kelf?

Langsam wandte er sich vom Fenster ab, drehte sich um und sah sie an.

Alvia war schön und hatte Haut ...

Groß, mit festen Brüsten oder etwas Äquivalentem und völlig entblößten Beinen, war sie perfekt, zumindest dachte Kelf.

Ich lächelte ihn an.

„Auf Frida und Volmen", antwortete er und unterbrach seinen Gedankengang; verschloss seine Gedanken vor ihren, aus Angst, sie könnte erraten, was sie über Kronos, über die Zukunft und über sich selbst dachte.

„Sie sind an der Quelle.

„Eines Tages werden sie einen Fehler machen." Er hielt inne und näherte sich ihm, legte seine Hände auf seine Schultern, während Kelfs sich an seine Taille legte, sie fast unwiderstehlich an seine Brust zog und hinzufügte: „Wann nimmst du mich? Unter den Bäumen, Kelf, das tun sie alle irgendwann, und du und ich leben zusammen.

„Aber Sie wollen keine Kinder.

"Ich hasse sie.

Und küsste ihn, im Gegensatz zu seinen Worten.

Kelf sagte nichts.

Seine Lippen öffneten sich auf ihren und er erwiderte Alvias Liebkosung sanft. Dann trennte er sie aus seinen Armen.

„Kronos will dich sehen, Kelf", sagte sie, sobald sie es hatte.

"Für was?

„Kronos gibt nie eine Erklärung. Er befiehlt und wir gehorchen.

„Ja, ich weiß. Und du...?

„Ich warte", sie sah ihn nachdenklich an und fügte nach ein paar oder drei Sekunden Stille hinzu: „Ich denke, für ein paar Stunden werden wir außer Kontrolle geraten.

„Und das gefällt dir nicht, oder?

"Nicht.

"Warum?

„Du versuchst mich zu zwingen, wenn das passiert. Die Zeit zählt für dich nicht mehr, wenn es um mich geht.

„Und du willst keine Kinder?

„Das weißt du, Kelf", antwortete sie. Warum also immer dasselbe fragen?

Kelf lächelte.

Weiße, rosige, bernsteinfarbene Haut ...

„Ich könnte dich zwingen. Eine Beschwerde an Kronos ...

Sie näherte sich ihm, wogend.

„Das wirst du nicht tun, Kelf", flüsterte sie, ihre Hände bereits an seinem Nacken, ihre Lippen kitzelten ihn. Sie werden es nicht tun.

„Warum?" wiederholte Kelf wie ein Automat.

Alvia hörte auf ihn zu küssen, trat einen Schritt zurück und antwortete

„Du liebst mich… und das verliert dich, Liebes. Komm, geh und lass ihn nicht warten. Kronos wäre aufgebracht.

Kelf wusste, dass es wahr war.

Es störte ihn nicht ein bisschen, nicht zu sehr, aber er wollte nicht, dass das passierte, nicht für den Moment.

Er drehte sich um und näherte sich, ohne zu antworten, einer der Wände; das Paneel glitt von selbst zurück und vor ihm, so dass ihm genug Platz zum Betreten blieb.

Er tat es, und lautlos auf seinen unsichtbaren Schienen schloss es sich hinter ihm, und Kelf sah sich dort, wo er sich unzählige Male gesehen hatte.

Das große Zentralschiff von Kronos.

Lang und weit, unermesslich, mit einem eigenen Licht, das von überall her zu kommen schien und gleichzeitig aus dem Nichts.

Doppelte Reihe von Mutanten, von Roboter-Wesen, die still sind und den komplizierten Mechanismus des Schiffes manipulieren.

Knöpfe, rot und weiß, unzählbar, so unendlich wie die Zahl selbst, Bildschirme, die sich an- und abgingen, auf Rädern, Getrieben, Tonbandgeräten liefen, aber schweigend, schweigend aus dem Jenseits.

Er begann, zwischen den Roboterwesen vorzurücken, die sich umdrehten, um ihn so stumm wie die Maschine selbst anzusehen, und näherte sich dem allgemeinen Kontrollpult und begann mit der Hand des Experten zu manipulieren.

Vor ihm leuchtete der Fernsehbildschirm auf und er fragte:

„Hast du mich angerufen?

Und die Antwort war:

»Du bist fünfzehn Sekunden und drei Zehntel zu spät, Kelf, und das gefällt mir nicht.

„Ja, ich weiß. Entschuldigung, es wird nicht wieder vorkommen.

Aber er log, und das wusste Kronos nicht.

„War es Alvia?

„Nein, sie war es nicht. Ich habe mich verzögert.

„Du lügst, Kelf! Es war Alvia.

Kronos wusste es.

Kelf versteifte sich und fragte sich, ob er nicht auch alles andere wusste, alles, was er über das Planetsystem dachte.

„Ja, sie war es", antwortete er, mehr als alles andere, um dieses Schweigen zu brechen, das immer noch viel misstrauischer wirken konnte, als wenn er weitersprach.

"Gut... Alvia, Kelf. Es wird dir Kinder geben.

Er wollte ihm nicht widersprechen und antwortete mit einem einzigen Wort, das wiederum eine ziemliche Frage war:

„Ja...?

Kronos antwortete langsam.

„Irgendetwas stimmt nicht, Kelf.

Seine Muskeln spannten sich wie Stahlseile.

„Was funktioniert nicht...?

„Irgendetwas in mir versagt.

Er runzelte die Stirn.

„Erklären Sie sich, ja?

„Irgendetwas in meinem Kopf, verstehst du? Ideen, die sie durchdringen wollen und die sie nicht können. Das ist nie passiert, und das wissen Sie.

"Und gut...?

„Heute Nacht musst du hierher kommen. Möge Alvia Sie begleiten.

"Für was?

„Du musst alles überprüfen. Die Schaltungen, die Alarme und ... alles.

„Kann ich das alleine schaffen?

„Alvia wird dich begleiten, Kelf. Es ist mein Wunsch. Ich möchte sie neben dir sehen.

„Ist schon okay. Alvia wird mich begleiten", wiederholte er wie ein Automat.

„Das ist in Ordnung, Kelf.

Er antwortete vorerst nicht, er warf nur einen langen Blick auf die Doppelreihe der Roboter-Wesen und erkundigte sich, Kronos schon wieder ansehend:

„Sie werden bleiben, um mir zu helfen, richtig?

„Du wirst es selbst tun, Kelf. Ich will nicht, dass jemand anderes in der Maschine herumschnüffelt, in den Schaltkreisen, in den Computern, in der ...

Kelf tat so, als würde er ihm zuhören, aber das war er nicht.

Habe gedacht.

Heute Nacht konnte er.

Es würde lange Zeit keinen anderen Anlass geben.

": ... und jetzt, da du weißt, was ich will, geh weg, Kelf. Alvia wartet auf dich. Sie ist begierig darauf, dich nach Hause zu bringen.

Hat nicht geantwortet; hätte er das getan, wäre er sicher in Gelächter ausgebrochen.

Er war ein Schöpfer und er würde zerstören.

Das war alles.

Vor seinen Augen wurde der Bildschirm schwarz, und dann drehte sich Kelf ohne ein einziges Zögern um und machte sich auf den Weg zum Ausgang.

KAPITEL II

Es kam aus der Küche oder einem Äquivalent und näherte sich ihm lächelnd, faszinierend, sich seiner Macht über Wesen des anderen Geschlechts bewusst.
Über die Wesen-Roboter, wie sie und wie er selbst.
Kelf wusste, was als nächstes passieren würde.
Genau wie zu anderen Zeiten.
Der weiße, halbmetallische Rock und die langen, perfekten, nackten Beine.
Sie sah ihn immer wieder an und lächelte ihn weiterhin begehrenswert an, als würde sie geben oder ablehnen. Bei dem letzten Kelf war er sich nie sicher.
Er kämpft mit sich, nicht aufzustehen und zu ihr zu rennen, um sie in die Arme zu schließen, sondern die beiden Gläser, die neben ihm auf dem Tisch standen, nicht anzusehen.
„Ich bin fertig, Kelf.
Sie war ihm dabei sehr nahe und er streckte eine seiner Hände aus und nahm sie in seine.
Alvia setzte sich auf seine Beine und sie küssten sich.
„Liebst du mich, Kelf?
"Ja, und Sie?
"Auch.
Er streichelte eines ihrer nackten Beine.
"Aber...", begann er,
Alvia unterbrach ihn stirnrunzelnd.
„Werden wir auf dasselbe zurückkommen, Kelf? "Ich frage.
Und in seiner Stimme lag Abscheu.
„Heute Abend", antwortete er, „werden wir Kronos besuchen.
„Ja, ich weiß", erwiderte Alvia mit vollkommener Ruhe, „aber du wirst es ihm nicht sagen. Du kannst es nicht.
„Du bist dir ganz sicher.
Er sah sie lächeln, und dann überraschte ihn seine Frage:
„Wie alt bist du, Kelf?
Er sah sie erstaunt an und antwortete:
„Millennials, Alvia, und ich lüge dich nicht an.
„Ich weiß. Da sind wir uns nicht ähnlich. Deine biologische Zusammensetzung unterscheidet sich von meiner.
"Was meinen Sie?
„Wenn ich eine alte Frau voller Falten bin, nicht wiederzuerkennen, wirst du genauso weitermachen. Du bist nicht sterblich, Kelf.
„Ist es ein Grund?

„Ist einer davon. Die anderen habe ich dir schon erklärt.

„Ist nicht ausreichend.

"Da sind diese Jahrtausende ... die haben dir nichts genützt, wenn du nicht verstehst was ich meine" er zögerte ein wenig, ohne dass Kelf etwas sagte und warf plötzlich die Arme um seinen Hals ": Oh , Kelf, ich liebe dich ... ich liebe dich so sehr, weißt du, trotz allem ...

Alvia selbst brach ab, als sie ihre Lippen gegen die anderen presste, die ihr zunächst kalt erschienen und die plötzlich heiß wurden, als sie sich von den mächtigen Armen, die sie entnervten, festgehalten fühlte.

Als sie sich trennten, war mehr als eine lange Minute vergangen, und es dauerte noch einige Sekunden, bis Kelf reagierte und sie beide liebte, während sie einen ihrer rosigen, wohlgeformten Arme um seinen Hals legte.

„Hier, Alvia", sagte er und bot ihr einen an. Wir werden trinken, und sofort gehen wir.

Lächelnd nahm er es entgegen.

„Für dich, Kelf", sagte er für eine Sekunde, bevor er es an seine Lippen hob. Sie trank, und Kelf ahmte sie kühl nach.

Es gab eine Sekunde des Wartens, vielleicht zwei, und plötzlich neigte sich Alvias Kopf zur Seite, und der Mann hielt sie fest, damit sie nicht zu Boden fiel.

Und mit ihr in seinen Armen, und er näherte sich dem Schlafzimmer, legte sie sanft auf das Bett, drehte sich um und erreichte die Schwelle der Tür.

Er sah sie nicht an.

Er hasste sie und in diesem Moment war der Planet, das Schicksal des Planeten, ihr zukünftiges Schicksal viel wichtiger als Alvia.

Wenn er am nächsten Tag aufwachte, würde er CHAOS finden.

Die Roboter-Wesen wären am Boden, so wie sie waren, Puppen aus Metall, Stahl oder ähnlichem, zerbrochen, zerlegt, leblos ... das würde nicht mehr zu ihnen zurückkehren, weil Kronos gestorben wäre.

Das schreckliche CHAOS.

Zivilisation zerstört ... aber diese Zivilisation und nicht die Roboter-Wesen. Sie würden leben, müssten sie denken, um aus eigener Kraft für sich selbst zu sorgen, und der Planet würde langsam, in Jahrzehnten, in langen Jahrzehnten seine Frische wiedererlangen, das Arbeitsleben, das er bereits vor Jahrtausenden hatte.

Von Frische und Leben und nicht von langsamem Tod, wie es damals der Fall war.

Ohne Faulheit, ohne Apathie und ohne so viele Dinge, die ihn langsam verzehrten.

Er würde sich erholen. Ich würde aus dem CHAOS herauskommen.

Da war sich Kelf ganz sicher.

Er verließ das Schlafzimmer und ging auf die andere Seite des großen Zimmers, auf die Tür zu, die zur Straße führte.

Es ist nicht angekommen.

Ein leises Summen, aber lang und eintönig, brachte ihn zum Stehen, als hätte er plötzlich Wurzeln geschlagen.

Kronos!

Er schaute auf seine Uhr.

Nein, es konnte nicht Kronos sein, der ihn um diese Stunde anrief, denn seine Abfahrt hatte keine Verzögerung.

Alles war gemessen, auf die Tausendstelsekunde genau kontrolliert worden.

Nein, natürlich war es nicht Kronos.

Wer dann?

Das Summen hielt an, und Kelf wusste, dass es nicht aufhören würde, bis er einen Hörer abhob, der hinter einer kleinen Wand an der Wand versteckt war.

Er schritt hinüber, zog ihn zurück und drückte auf einen der Knöpfe.

Vor seinen Augen blinkte schnell ein rotes Licht, und dann wurde es fixiert und fast sofort hörte er die Stimme.

Unkenntlich, kratzig, etwas heiser, aber dennoch mit vertrauten Untertönen.

„Kelfe...?

"Ja, wer bist du?

„Ist jetzt egal. Hör mir bitte zu." Es lag Angst in der Stimme, eine unendliche Angst." Tu es nicht, verstehst du?

„Was muss ich nicht tun?

„Tu es nicht, bis ich gehe. Bitte ... es wäre schrecklich für Sie. Sehr schrecklich. Etwas, das er nie vergessen würde. TU es nicht. Antworten.

Kelf fragte ihn stirnrunzelnd und ein wenig nervös:

"Wo bist du?

"Es ist eine lange Strecke" schien zu ertrinken. Auf dem anderen Kontinent. Von dort sprach er mit ihr. Bitte, Kelf, tu das heute Nacht nicht.

Wieder zögerte er.

Ein Verrückter?

Es könnte sein oder auch nicht.

Im Zweifel antwortete Kelf: Ich versuche nicht, ...

Die Stimme von der anderen Seite unterbrach ihn:

„Ich werde ein Raketenflugzeug nehmen, verstehst du? Ich bin in sießen oder acht Stunden da und wir reden. Ich ... so kann und will ich es dir nicht erklären, du würdest mir nicht glauben.

Die rote Glühbirne vor seinen Augen erlosch, und Kelf merkte, dass er die Verbindung unterbrochen hatte.

Er schloss die Tafel und drehte sich um, um zur Schlafzimmertür zu sehen.

Alvia schlief weiter, sie würde so weitermachen bis in den nächsten Tag ... und vielleicht ... vielleicht würden sie sich nie wiedersehen.

Zumindest nein, in diesem Zustand.

Ein Verrückter?

Er zuckte die Achseln und sah noch einmal auf seine Uhr.

Er würde sich beeilen müssen.

Voll bewaffnet ging er auf die Straße.

Niemand würde dich registrieren

Als der große Wissenschaftler des Planeten hatte er das volle Vertrauen des Präsidenten und Kronos selbst.

Kronos ... derjenige, den er zerstören wollte, den er noch in dieser Nacht zerstören würde, und es war paradox.

Er trat auf den breiten Bürgersteig, und sofort hielt ein Roboterauto neben ihm, und die Tür, die dieser Seite entsprach, öffnete sich, um ihn in das Fahrzeug zu lassen.

Kelf tat es, ließ sich auf dem Rücksitz nieder, und die kalte, metallische Stimme der Maschine fragte:

„Wo ist Alvia, Kelf? Kronos hat mir erzählt, dass sie auch mit dir kommt. Kelf lächelte.

„Das Abendessen war schlecht für ihn, und er kann es nicht tun. Kronos selbst wird den Arzt rufen.

„Kronos wird das nicht gefallen.

„Ich weiß", antwortete Kelf mit vollkommener Ruhe. Du nimmst mich?

Es kam keine Antwort, aber die Maschine fuhr in Richtung Planetenhauptquartier.

Der Große Zentralbrunnen, jetzt erleuchtet, und Kelf, der ihn sah, dachte an Volmen und Frida.

Vielleicht würden sie froh darüber sein, was er heute Abend tun würde.

Er stieg vor dem Großen Tor aus dem Roboterauto aus und begann, den Blick auf die sechs Roboter gerichtet, die die Wache bildeten, die Stufen zu erklimmen, weiß und glänzend, glänzend, aus einem eigens dafür vorgefertigten Material.

Roboter-Wesen, die ihm respektvoll Platz machten und ihm mit ihren gleichberechtigten, programmierten, metallischen und kalten Stimmen lebender Maschinen "Gute Nacht" sagten.

Roboter-Wesen, die in dieser Nacht ihre Wache ganz anders als üblich beenden würden, da zu dieser Zeit der Sein-Roboter den Höhepunkt einer Tatsache erreicht hätte, das Sein innerhalb des Planeten zurückzugewinnen.

Er durchquerte die Tür, antwortete auf "Gute Nacht" und ging, ohne auch nur den Kopf zu drehen, auch ohne ein einziges Zögern, auf das Zimmer zu, in dem er an diesem Nachmittag mit Alvia war, und dann direkt zu der Tafel, die zurückgezogen wurde eine Seite nachzugeben.

Vier Sekunden später sah sich Kelf Kronos gegenüber.

Der leere Raum, ohne Seele.

Ohne ein Geräusch, obwohl seine tausenden Mechanismen weiterhin mit solarer Präzision arbeiteten.

„Du bist pünktlich angekommen, Kelf", sagte er zu allen Grüßen. Und Alvia?

„Das Abendessen war schlecht für ihn und er konnte nicht kommen.

Es entstand eine Stille, die lang und schwer wirkte, die sie nervös machte.

Kronos brach es nach dieser Zeit mit einer neuen Frage:

„Kannst du das selbst machen?

Lächelnd.

"Dies ist nicht das erste Mal", sagte er.

„Ja, ich weiß, aber Alvia… ich sehe sie gerne hier. Alvia ist schön, Kelf, und niemand weiß es besser als du "und er fügte unvermittelt hinzu: "Wo willst du anfangen?

„Bei den Alarmkreisen.

"Später...?

„Die übersinnlichen, und wenn ich den Fehler nicht finden kann, muss ich in deinen Verstand graben.

"Ich weiss.

"Dann...

Eine neue Stille folgte, aber diese war viel kürzer als die vorherige.

Kronos hat es wie immer geschnitten:

„Geh rüber, Kelf. Ich freue mich darauf, die Sache hinter sich zu bringen.

Es ist, als ob mein Inneres mich vor etwas warnen wollte, und ich konnte nicht … und ich mag dieses Gefühl nicht.

Kelf trat ein wenig zurück, und sein Blick schweifte durch die gesamte Anlage, den gesamten automatisierten Komplex.

Mit den Augen dessen, was er war, eines Experten.

Schließlich ging Kelf auf den Grund des Großen Schiffes zu.

Er war fast da, als der Alarm anfing zu läuten.

Erst leise, später lauter, und dann breitete sich sein Klang durch Planet First City aus und erschütterte ihn bis in die Grundfesten.

Er drehte sich um, als Kronos' sarkastisches Lachen seine Ohren erreichte und seine Worte:

„Du wirst sterben, Kelf. Verzichten Sie ohne Widerstand.

Das lange Schiff vor ihm, voll erleuchtet, lautlos wie immer, die tausend Gänge, die sich drehen und drehen… und Glühbirnen, die ausgehen, die leuchten, aber leer.

Kelf zögerte nicht.

Mit der Waffe in der Hand, einer seltsam aussehenden flachen Waffe, klein, aber mächtig, da ihre Wirkung verheerend war, rannte er zum Ausgang.

Kronos' Lachen ging tief in ihn hinein, gerade als die Verkleidung zur Seite glitt, um ihn passieren zu lassen, und sie sich auf die gleiche Weise hinter ihm schloss, sobald er es getan hatte.

Der Flur.

Still, düster, obwohl er so beleuchtet war wie das Schiff, das er gerade verlassen hatte.

Die Biegung.

Kelf rannte weiter.

Das Große Tor.

Der Ausgang.

Dort würden die sechs Roboter-Wesen auf ihn warten, mit dem ausdrücklichen Befehl, ihn zu töten.

Er rannte immer wieder zum Stehen, bevor er dort ankam, keuchend, verschwitzt, seine Lungen drohten ihm aus dem Mund zu platzen.

Er öffnete es wie einen Fisch aus dem Wasser.

Er war gefangen.

Kronos hatte von Anfang an alles gewusst, und in diesem Moment, als er zu diesem Schluss kam, erinnerte er sich an den Anruf aus dieser Nacht.

Wer...?

Warum hast du nicht aufgepasst?

Um ihn herum war die Stille bedrohlicher als das geisterhafte Gelächter von Kronos und die Anwesenheit aller Roboter-Wächter des Großen Hauses und des Planeten.

Er dachte an Alvia.

Alvia, die schlafen würde, Opfer der Droge, die er ihr gegeben hatte, vermischt mit dem Glas Schnaps.

Er hasste Alvia.

Bei diesem Anruf meditierte er über sie, zögerte, hinauszugehen oder dort zu bleiben, bis sich die Große Tür öffnete, um ihnen nachzugeben, die Pistole in Hüfthöhe in der Hand.

Bis er eine plötzliche Entscheidung traf.

KAPITEL III

Sein Herz hatte aufgehört zu schlagen mit dieser schrecklichen Kraft, die ihn mit dem Rücken zur Wand stehen ließ.

Es war der Moment.

Kelf trat zurück, warf einen Blick zurück den Korridor hinter sich hinunter zu der Biegung, die alles andere vor seinem Blick verbarg.

Langsam begann er zu laufen.

Er machte das Große Tor und bemerkte, wie seine Stirn wieder einmal zu schwitzen begann, und jetzt, wo er nicht rannte.

Ein Schritt, zwei, drei, sogar vier, er stellte sich nicht in die Mitte des Korridors, sondern streifte die Wand zu seiner Linken, und plötzlich öffnete sich die Große Tür, als ob sie einem stillen Befehl gehorchte, und dann sah er einige Sekunden bevor sie ihn sahen und er zögerte nicht.

Habe den Auslöser gezogen.

Es gab ein schwaches Geräusch, und zwei der Roboter-Wesen gingen in Rauch auf, nach einem blauen Blitz, der ihn fast blendete.

Kelf warf sich zu Boden, als die anderen vier Blitze auf ihn abfeuerten.

Die Wand hinter seinem Rücken machte ein Klicken, und eine Trümmerwolke fiel über die Länge und Breite, als er sich über sich selbst rollte, und die Stimme von Kronos war auf dem ganzen Planeten zu hören:

„Ich will ihn lebend, ihr Arschlöcher. Passen Sie Ihre Waffen an.

Es war ein Fehler.

Kelf verstand es so.

Ein Fehler von einer Tausendstelsekunde, aber er verstand ihn in viel kürzerer Zeit, in etwas unendlich Kleinem, und er tat, als die vier ihre Waffen hoben, um ihn nicht zu zersetzen, ihn zu Staub zu machen, sondern sie so zu richten um ihn nicht zu töten.

Einer dieser Strahlen traf seinen Körper, er würde zu Boden fallen, ohne Wissen, und was später kommen würde, wäre möglicherweise viel schlimmer als der Tod selbst.

Er ließ sie nicht.

Viermal hintereinander sandte er die Strahlen aus, und der durchdringende und unangenehme Geruch verbrannter Kabel und Stromkreise erreichte seine Nasenlöcher genau in dem Moment, in dem er sich auf dem Boden zwischen Feuerfunken windend aus seinem Blickfeld verschwand.

Das Große Tor stand vor ihm offen.

Kelf rannte dorthin.

Die Straße.

Er stieg die Stufen hinab und sah sich um, als der Alarm erneut ertönte und den Einwohnern der Großen Stadt mitteilte, dass ein Roboterwesen aus Kronos entkommen war.

Ich war alleine.

Er konnte nicht einmal nach Hause zu Alvia gehen, trotz seines Hasses auf sie.

Dort würden sie zuerst nach ihm suchen.

Vielleicht waren sie schon neben ihr und warteten auf ihn.

Kronos hätte alles vorhergesehen, selbst für den Fall, dass er aus dem Großen Haus entkommen könnte.

Er erreichte die Ecke.

Nur.

Er war ganz allein in der Großstadt.

Niemand würde eine einzige Tür öffnen oder ihm helfen, da er wusste, was das für denjenigen bedeuten würde, der es tat.

Er ging los, die Finger um die Waffe geballt, und suchte nach einem Ausgang in Richtung der äußersten Nachbarschaften.

Frida und Volmen.

Sie auch nicht.

Allein, ganz allein.

Kronos musste nur noch etwas warten, um ihn zu jagen.

Sehr wenig sonst.

Über seinem Kopf die Schwärze des Himmels und die Sterne in ihrem unaufhaltsamen Marsch im Universum.

Unten die Große Stadt und die Todesfalle, die sie jetzt für ihn darstellte.

Kelf kam an die Ecke.

Er beugte es, und dabei sah er sie.

Zwei, die sich voneinander trennten, als sie ihn sahen, und gerade als er kopfüber zu Boden stürzte.

Der Blitz ging sehr nah an seinem Körper vorbei, krachte gegen die Hauswand hinter ihm, ohne das leiseste Geräusch zu erzeugen oder die geringste Spur zu hinterlassen, so dass er ohne jede Anstrengung verstand, dass der Orden von Kronos, mit Bezug darauf, dass er ihn wollte lebendig hatte er alle Wächter des Planeten erreicht.

Er feuerte zweimal, nachdem er auf eines der Portale gesprungen war, und das Aufflammen beider erleuchtete die gesamte düstere Gasse, in der er sich gerade befand.

Kelf fing an zu rennen.

Frida und...

Er vervollständigte den Gedanken nicht, denn in diesem Moment sah er sie auf dem Bürgersteig auf ihn zulaufen, mit dem langen Haarschopf, der hinter ihr wehte.
Frida war auch brünett, und ihre Augen waren groß und schräg, braun, sehr dunkel.
Frida war auch schön und er mochte sie, aber darin konnte er sie nicht mischen.
„Komm", sagte er und reichte ihm kaum die Seite „; komm schon, komm mit mir.
Er packte seine Hand und zog ihn.
Er hat sich gewehrt.
„Ich kann nicht mit dir gehen, Frida", sagte er.
„Komm", wiederholte sie. Ich werde dich an einen sicheren Ort bringen.
„Ich kann nicht. Ich möchte nicht, dass du … Andererseits kann ich nicht zu deinem Haus gehen. Dort würden sie mich suchen, und Volmen würde es nicht gefallen. Und Kronos mit dir genauso wie
Frida unterbrach ihn:
„Volmen zählt nicht dazu, Kelf.
"Aber...
„Wir leben, aber mehr nicht. Ich liebe ihn nicht, und er weiß es. Kronos befiehlt, und wir gehorchen, aber mehr nicht,
Er zog wieder an seiner Hand, und Kelf machte eine resignierte Geste.
Einen sicheren Ort brauchte er, und Frida hatte es versprochen.
Er begann zu gehen, ohne dass sie ihn losließ, und in wenigen Minuten wusste er, dass er ihn nach Hause brachte, in die Wohnung, die er mit Volmen teilte.
"Frida...
„Ja? Und sie legte ihren schönen braunen Kopf schief, um ihn anzusehen.
„Volmen lässt mich nicht rein.
"Er ist nicht zu Hause. Es wird nicht die ganze Nacht kommen.
„Trotzdem haben die Roboter-Wesen ...
„Sie werden dich nicht finden. Sie und ich werden, wie ich Ihnen sagte, an einen sicheren Ort gehen. Du wirst nicht lange im Haus sein. Nur ein paar Minuten. Komm schon, Kelf, ich betrüge dich nicht "er blieb stehen, ging immer noch, ohne seine Hand loszulassen und fragte: Und Alvia?
"Schlaf.
"Wie ist es möglich...?
„Ich erzähle dir später davon.
Heim.
Ein paar Minuten nachdem er zu Ende gesprochen hatte, stand Kelf vor seiner Tür.

Neben ihm ließ Frida seine Hand los, trat ein paar Schritte vor und öffnete die Tür.

„Komm rein, Kelf", sagte er flüsternd.

Er hat die Schwelle überschritten.

Und er bemerkte nicht einmal, wohin sie ihn führte, bis er in der Mitte seines eigenen Schlafzimmers stehen blieb.

„Warte hier auf mich, Kelf.

"Wo gehst du hin?

Er lächelte sie an.

Seine Zähne waren perfekt.

So gesehen und unter solchen Umständen eine Kleinigkeit, aber Kelf hat es so gemacht.

„Auf der Suche nach Essen, Kelf. Vielleicht müssen wir noch eine Weile zusammenbleiben.

Es war die obligatorische Frage, und er stellte sie:

„Und Volmen?

„Dabei zählt es nicht. Ich erzähle es dir draußen.

Er wartete nicht auf eine Antwort, er drehte sich um und sah sie in einem der Zimmer verschwinden.

Es dauerte ein paar Minuten, bis es zurückkam, und es war voll mit Paketen.

„Hilf mir, Kelf", fragte er.

Und er tat es.

Als sie fertig war, bückte sich Frida, schob den Teppich, der auf dem Boden lag, beiseite und konnte die Luke sehen, die sie dann hochzog.

Eine Treppe.

„Du kommst zuerst runter.

Er begann damit, ohne zu antworten, ohne etwas zu fragen, und sie folgte seinem Beispiel und schloss es als nächstes.

Dunkelheit.

Kelf begann die Schritte zu spüren, gerade als Frida sie mit einer Taschenlampe beleuchtete.

Ein Läufer.

Kelf fuhr fort, spürte sie an seiner Seite, das anmutige Klicken ihrer Schuhe auf dem harten Boden und, mehr als alles andere an sich, ihre weibliche Präsenz und alles, was sie in jedem Moment für ihn repräsentierte.

Std

Kelf wusste es nie, aber plötzlich endete der Korridor und schloss sich vor seinen Augen mit etwas, das wie Lebendgestein aussah.

Er drehte sich um, um sie anzusehen.

Frida lächelte ihn an.

„Es gibt einen Ausweg.

"Jawohl...?

„Kronos weiß es nicht, aber ich bin sicher, sie werden diese Passage finden, nur wenn sie es wissen, werden wir nicht hier sein.

Sie näherte sich der Wand, ihm den Rücken zugekehrt, und zum ersten Mal, seit sie in dieser Nacht über sie gestolpert war, wanderten Kelfs Blick zu ihren prächtigen Beinen, die von dem sehr kurzen Rock fast vollständig entblößt wurden.

Ein Summen.

Er war erschrocken und hörte auf, sie anzusehen, um seinen Blick völlig mechanisch auf den Felsen zu richten, der ihm den Weg versperrte.

Es eilte zur Seite, ebenso wie die Tafel, hinter der sich Kronos versteckte.

„Komm schon, Kelf", sagte sie und zerbrach ihre Gedanken in tausend Stücke. Sie müssen auf die andere Seite überqueren, sonst schließt es wieder und jetzt ... wir können erst ein paar Stunden später öffnen. Läuft!

Er tat es, nahm sie bei der Hand und zog sie wie zuvor.

Die andere Seite.

Ich schaue.

Felsen, scharfe Kanten, Büsche, Bäume, der Mond, die Sterne, der Berg.

Ich frage:

Wo ist die Großstadt?

Frida lachte.

„Hinter diesem Berg, Kelf", antwortete er. Und hör nicht auf, wir können nicht lange hier bleiben.

Er reagierte nicht und begann zu gehen, wobei er sie wie immer an seine Seite führte.

Ein Weg zwischen den Felsen.

„Ich habe es zufällig entdeckt", erklärte sie.

„Mit Volmen?

„Allein. Ein Vergnügen, Spaziergänge zu machen, die Kronos nicht kontrolliert. Und glaub mir, Kelf, die meisten Einwohner der Großstadt tun es.

„Warum rebellieren sie nicht?

„Sie haben Angst zu sterben. Wie ich, wie Sie selbst ... und auch wie Kronos. Mehr als jeder von uns. Deshalb lässt er niemanden an sich heran. Es ist ihr Triumph gegen deinen, Kelf. Gegen das Wesen, das ...

„Lass das fallen, ja?

„Ja, natürlich wollte ich dich nicht stören. Gehen wir?

"Jawohl.

Sie gingen den felsigen Pfad entlang, ohne Spuren zu hinterlassen, bis er in einer Kurve zu einem abrupten Ende kam und Kelf sich den Granit- und Basaltmassen des Berges gegenüber sah.

Er sah zurück.

In der Ferne schien es ihm die Klarheiten eines neuen Tages zu erkennen.

„Es wird bald Morgen, Frida", kommentierte sie, um die Stille, die sie umgab, irgendwie zu durchbrechen.

Sie hat nicht geantwortet

Wieder hatte sie ihm den Rücken zugekehrt, den Schatten ihres prächtigen Körpers manipuliert, jung und schön zu sein, und das Summen wiederholte sich.

Der Stein bewegte sich vor seinen Augen.

Das Loch, groß, fast so viel oder mehr als die Große Tür des Hauptquartiers des Präsidenten des Planeten und von Kronos.

Und Fridas kleine, gepflegte Hand zwischen ihr

"Komm rein, Kelf" eingeladen", hier sind wir sicher.

Er dachte an Volmen, sagte aber seinen Namen nicht, da er es nicht mehr wollte.

Sie traten ein, beleuchtet von einer tauben Laterne, die Frida in ihren Händen trug, und Kelf konnte an manchen Stellen in enormer Höhe über ihrem Kopf die Stalaktiten an der Decke sehen, die ihr von der Vergangenheit erzählten.

Aus einem Ehepaar von Jahrhunderten.

Sie fuhren weiter hinab in Richtung der Eingeweide des Planeten, bis, ebenfalls plötzlich, der Abstieg beendet war.

Die Grotte.

Dort bildete es eine Art grandioser Platz, und um ihn herum mehrere weitere Mündungen, am Eingang zu ebenso vielen Höhlen.

„Wir können darauf eingehen, Kelf", sagte sie. Es wird uns beiden reichen.

"Hat nicht geantwortet.

Sie gingen schweigend auf die andere Seite, traten ein, und das Licht schien.

Kelf sah sie erstaunt an.

„Ich habe das alles seit Monaten installiert, Kelf.

"Für was?

„Wie ein Rückzug.

„Für dich?

"Jawohl.

Ich konnte sein Gesicht nicht sehen.

Er ließ die Pakete auf den Boden fallen, und Kelf, der auf die Antwort wartete, folgte ihm.

"Allein?

"Nicht.

„Mit einem anderen Wesen eines anderen Geschlechts?

„Ja. Eine Flucht … mit dir, Kelf. Will es immer. Ich liebe dich, weißt du?

So einfach war es, die letzten Pakete auf dem Felsboden zu platzieren.

Dann richtete er sich auf, und sie standen einander gegenüber, sehr nah beieinander, fast berührten sie sich.

„Kann ich es glauben, Frida?

„Oh, Kelf… was… was für ein schöner Wahnsinn…!

Und sie warf sich in seine Arme, suchte ihre Lippen mit einem Feuer, das alles zu verzehren drohte.

Zumindest war das das Gefühl, das Kelf empfand, als er begann, ihre Berührung zu erwidern.

Dann schloss Kelf viel später, den Kopf auf den nackten Schenkeln ruhend, während sie mit dem Rücken gegen den Felsen auf dem Boden saß, die Augen.

Er war sehr müde, enorm müde.

Eingeschlafen.

Auf ihrem Gesicht lächelten Fridas sinnliche rote Lippen, während ihre Augen mit ungewöhnlicher Stärke leuchteten.

Er hatte Kelf in seinen Armen gehalten, den Mann, für den er Alvia zu hassen begann und der nun wie ein Kind schlief und ihr vollkommen vertraute.

Und er mochte das Gefühl, das er erlebte.

KAPITEL IV

Er öffnete die Augen.

Sein Kopf ruhte auf den engen Schenkeln des Mädchens, und sie döste, ihren gegen die Wand gelehnt.

Kelf begann sich sanft zu bewegen, wollte sie nicht wecken, fragte sich nicht einmal, wie das zwischen ihnen beiden passiert war.

Er setzte sich auf den Boden und sah sich sofort vor Fridas Augen, die ihn etwas erschrocken ansah.

„Kelf...", rief er aus, „Oh, Kelf! Geh nicht, ich will nicht, dass du gehst, verstehst du? Ich will auch nicht getötet werden.

Er legte seine Arme um ihren Hals und küsste sie noch einmal.

„Ich werde nicht gehen", sagte er.

Sie hat ihn freigelassen.

"Wirklich?

-Das stimmt", antwortete er, aber irgendwann werde ich es tun müssen.

"Nicht!

Es war fast ein Schrei, aber Kelf tat so, als hätte er ihn nicht gehört.

„Ich muss es tun, verstehst du?

Und du wirst sterben. Dein Körper wird verschwinden, ohne ihn zu verlassen ...

„Es kann passieren, Frida; Das weiß ich auch, aber ich liebe Kronos, und ich werde ihn fertig machen.

„Ich weiß das alles, Frida, und weil ich es weiß, will ich es.

„Du... du...

Sie stand auf, und Kelf folgte ihm.

„Du bist der Erste, den ich wirklich liebe. Verstehst du es?

"Jawohl.

„Nun, versteh auch, dass ich dich nicht verlieren will.

„Nichts davon wird passieren, aber ich muss raus.

"Jetzt?

"Nein." Er schaute auf seine Uhr.

Zehn, sieben Sekunden und vier Zehntel.

Kronos hatte es auch auf die Millisekunde genau so arrangiert.

Tag oder Nacht?

Kelf stellte sich die Frage, als sie schon antwortete:

„Hör zu, Kelf", sagte er; Ich möchte bei dir bleiben. Mit dir leben. Kronos hat dich einer anderen Frau zugewiesen ...

"Ich weiss.

"Du liebst sie?

"Nicht.

„Ich auch nicht Volmen. Und das ist auch eines der Dinge, die ich dir gesagt habe. Und was wirst du jetzt tun?
„Verschwinde, Frida, aber nicht jetzt.
„Gibt es keine andere Möglichkeit...?
"Nein, da ist kein.
Noch näher, so sehr, dass Kelf die Hitze ihres Körpers an seinem spürte, antwortete Frida:
"Ich werde tun.
"Dass...?
„Hör zu, Kelf, ich gehe gleich aus und du wirst auf mich warten.
"Für was?
„Volmen, unter anderem. Ich möchte nicht, dass Sie anfangen, nach mir zu suchen und Kronos darauf aufmerksam zu machen. Wenn er es tut, wird er uns auf die eine oder andere Weise erzählen.
"Es wird passieren.
„Ich weiß, aber bis dahin kann es zu spät sein.
„Abgesehen von Volmen, Frida, was hast du vor?
»Versuchen Sie, Dinge zu erfahren, Kelf. Dinge, die Ihnen wichtig sein können.
„Das wäre gefährlich" er sah sie von Kopf bis Fuß an und fügte hinzu:
„Andererseits, nach dem, was zwischen uns passiert ist, möchte ich nicht, dass du nach Volmen zurückkehrst.
„Er wird mich nicht haben, Kelf, du kannst dir sicher sein. Wir alle wissen, wie man Dinge so macht, dass ... dass ... Er wird es nicht merken, aber ich werde nicht wieder sein. Es ist ein Versprechen.
„Wann machst du es?
„Ich habe Hunger", antwortete sie prosaischer als Kelf. „Deshalb nicht vor dem Mittag- oder Abendessen. Ich habe mit dem Traum die Vorstellung von Zeit verloren.
Er bereitete das Essen zu, kalt, das sie schweigend verschlangen.
Als er fertig war, stand Frida auf,
„Wie spät ist es?" frage ich.
"Halb zwölf.
Sie näherte sich dem Höhleneingang, und Kelf folgte ihr.
"Du wirst zurück kommen...?
Sie drehte sich um, um ihn anzusehen.
Er lächelte sie an.
„Erwartest du etwas anderes?" fragte er seinerseits.
"Ich weiß nicht.
Hat nicht geantwortet.
Ich meine, das hat er nicht getan, aber er hat gesagt:

„Komm, ich zeige dir die Quellen.
Kelf folgte ihr.
Eine halbe Stunde später war er weg.
Er sah auf seine Uhr, als sich die große Felsmasse hinter ihm schloss, und ging seine Schritte zurück.
Ich musste nachdenken.
Kronos, die Startrampen; aber ich konnte es nicht tun, nicht ohne hilfe.
Frida ...
Ich erinnerte mich.
Stunde um Stunde, bis ein Moment kam, in dem er selbst etwas zu essen zubereiten musste, das er stofflich verschlang.
Dann Stunde um Stunde; insgesamt zwanzig.
Frida ... dass sie nicht zurückkam, dass sie vielleicht nicht mehr zurückkehren würde
Er musste da raus und es noch einmal versuchen.
Volmen ... Nun, Volmen würde ihm nicht helfen, niemand würde ihm in der Großstadt helfen.
Zwanzig Stunden, in denen Kelf die Grotte Zentimeter für Zentimeter absuchte, meditierte und sich mit ihr vertraut machte, vielleicht für weitere Erkundungen.
Ein Gerücht.
Die Waffe, die er aufbewahrte, erschien in seiner Hand, und er versteckte sich hinter den Stalaktiten, die wie Pilze hinter seinem Rücken zu wachsen schienen.
Er wartete, und es war sehr wenig.

* * *

Er trug mehrere Pakete, als er sie eintreten sah.
"Wo bist du gewesen?
Frida sah ihn an und lächelte ihn an. Er trat ein paar Schritte vor, wand sich aus ihren Händen und ging zum Tisch hinüber, wo er sie losließ.
„Ich habe dir eine Frage gestellt.
Ich hörte dich "er drehte sich um, um ihn anzusehen." Sie haben ihn nicht gesehen? "Er sagte-. Ich ging ein paar Sachen kaufen" er hielt kurz inne und als er auf sie zukam, stellte er eine neue Frage: Wann bist du zurückgekommen?
Volmens Hände waren an seiner Taille, als er antwortete:
„Bald, wie ich dir gesagt habe. Eine kleine Auszeit...
„Diesem Kronos wird es nicht gefallen, wenn er es herausfindet.

„Wirst du es ihm sagen? Komm schon, geh, auf der Straße gibt es Roboter-Wächter. Es ist materiell voll.

„Du bist eifersüchtig, und das ist nicht richtig, Volmen. Dieses Gefühl sollte nicht zählen, weder für dich noch für irgendjemanden, oder es ist programmiert.

"Ja, ich weiß.

Er stützte sich auf ihre Lippen.

Frida streckte ihren Kopf vor und bot ihren ihren an, löste sich aber lachend aus der Umarmung, als Volmens Hände anfingen, auf ihre Taille zu drücken.

„Nun, Volmen, ich habe einen Job. All dies muss behoben werden.

„Wo warst du?" sagte er, als hätte er sie nicht gehört.

"Einkaufen

„Das hast du mir schon gesagt.

Und ist es nicht wahr?

„Um einkaufen zu gehen, musstest du sehr früh aufstehen, Frida.

„Warum denkst du so?

„Ich bin mit dem Licht des neuen Tages angekommen und du warst nicht im Bett.

„Ich bin ausgestiegen, genau wie du. Eine kleine Auszeit. Du weißt, dass ich das manchmal tue.

"Allein?

Lächelnd zeigte er ihr die Zähne.

"Nicht.

„Ein anderes Wesen als du?

„Ja, aber es wird nichts passieren. Begleite mich einfach. Wir gingen zur großen Esplanade. Er ist Ausländer, und er wollte sie sehen, sie kennen lernen.

„Und begleitet von einem anderen Wesen, das sich biologisch von seiner eigenen biochemischen Zusammensetzung unterscheidet?

"Und warum nicht? Alvia ist wunderschön, Volmen

"Was meinen Sie?

Frida kam auf ihn zu.

„Nichts, was du nicht weißt", sie streckte die Arme aus und ließ sich von den anderen umklammern, die sie wollten, aber mehr nicht, und dann trennte sie sich von ihnen und sagte: „Ich habe einen Witz gemacht.

Und lügen.

Frida zog eine Augenbraue hoch.

Wie bist du dir so sicher, dass ich lüge, dass ich dich angelogen habe? „Er lachte und fügte hinzu:" Ich war ganz allein, Volmen. Ich wollte es sein, verstehst du? Manchmal passiert es mir.

Eine neue Frage wurde auferlegt, und Frida stellte sie nach einigen Sekunden des Schweigens:
"Und du?
„Ich gestehe, dass ich vorher nicht kommen konnte.
"Warum?
„Aber...“ er sah sie zögernd an und fügte hinzu: „Hast du es noch nicht herausgefunden?
Er setzte sich und beobachtete sie immer noch genau.
„Du meinst Kelf?
"Jawohl.
„Ich weiß nicht was auf der Straße... Ich habe die Roboter-Wächter gesehen und wollte keine weiteren Nachforschungen anstellen. Alle Einwohner der Großstadt wissen, dass Kelf dein Freund ist.
"Es war.
"Nicht länger?
„Nicht. Er wollte Kronos zerstören und Kronos gibt uns alles. Sogar die Luft, die wir atmen.
"Und die Liebe...?
„Auch in Liebe, Frida. Als hätte er es Kelf gegeben, als hätte er es mir gegeben. Ein Wort war genug, um dich zu bekommen.
„Ich rechne nicht mit mir, oder?
»In diesem Sinne zählen Sie nicht. Ihre Verpflichtung läuft auf eine hinaus: Kinder haben.
„Es gibt noch viel mehr, Volmen.
„Das ist unwichtig.
Frida schwieg, da sie auf diesem Terrain nicht weitermachen wollte, brach es aber nach kurzem Schweigen mit einer Bitte, die, ihrem Ton nach zu urteilen, nur die Neugierde auf eine bereits erreichte Tatsache bedeutete.
„Und Alvia?
„Im Großen Haus.
„Warum ist er dorthin gegangen?
„Heute Morgen fanden sie sie schlafend und nahmen sie mit.
"Werden Sie ...?
„Kronos hat nein gesagt, Frida. Sie musste Kelf letzte Nacht zum Großen Haus begleiten, und Kelf hat sie betäubt, damit sie ganz allein geht. Wie Sie sehen, ist sie nicht schuldig.
"Wie wie ...?
„Kronos weiß alles. Es ist notwendig, dass Kelf letzte Nacht einen Anruf vom anderen Kontinent erhalten hat, und die Telefonistin hat ihn an das Große Haus weitergeleitet. Sie warteten auf ihn, und er entkam. Jetzt suchen sie ihn.

„Glaubst du, sie werden ihn finden?
"Sie____ nicht?
Frida sah ihn fest an, bevor sie antwortete:
„Ich habe dir nur eine Frage gestellt, Volmen.
„Ja, es ist wahr", er sah sie zögernd an und fügte nachdenklich hinzu:
„Heute werden wir uns nicht unter den Schatten des Zentralbrunnens legen
können, Frida, oder unter den Bäumen spazieren gehen.
„Warum? Es ist bald soweit.
„Vergiss das. Kronos sagte, ich solle den Präsidenten aufsuchen.
„Deine!" Und in seiner Stimme lag Staunen." Wofür?
"Ich weiß nicht. Der Präsident gibt einen Befehl, und Sie müssen gehorchen.
„Ja, sie regieren und wir beschränken uns …
„Frida!
"Jawohl !?
„Ich mag es nicht, wenn du dich so ausdrückst.
„Tut mir leid, Volmen, es wird nicht wieder vorkommen.
"Das sagst du immer.
„Jetzt werde ich mein Wort halten.
Und er dachte an Kelf in Kelfs Armen, als er ihr die Antwort gab.
Er hat darauf nicht geantwortet, aber er hat angegeben:
„Mach mir Essen. Ich habe gerade die Zeit.
„Um zum Großen Haus zu gehen?
„Ja, so ist es.
Diejenige, die nicht antwortete, war Frida.
Kelfs Arme, Kelfs Liebkosungen, Kelfs Küsse.
Frida drehte sich um und ließ ihn allein und kehrte nicht an seine Seite
zurück, bis das Mittagsmahl zubereitet war.
Er setzte sich mit Volmen zusammen.
Eine andere Sache wäre verdächtig gewesen.
Sie aßen mit Appetit, den Blick auf die Uhr auf dem Kaminsims gerichtet,
zählten die Minuten, die sie dafür brauchten, beide schweigend.
Als er fertig war, stand Volmen auf und sie folgte seinem Beispiel.
„Gehst du schon?
Die Frage war unnötig, da sie sie bereits wusste, aber Frida stellte sie aus
Mangel an etwas Besserem.
Volmen ging um den Tisch herum und kam auf sie zu, als er antwortete:
„Sie warten auf mich, Frida.
Er packte sie an den Schultern und ließ seine großen, starken Hände zu ihrer
Taille gleiten, während seine Achataugen sie selbstgefällig ansahen.
Er lehnte...

Frida küsste ihn, nahm die Liebkosung an und erwiderte sie und begleitete ihn dann zur Tür.

"Wann kommst du zurück?

"Ich weiß nicht

"Heute Abend...?

„Ich weiß nicht, Frida. Das wird vom Präsidenten und vielleicht vom Großen Rat abhängen.

„Gibt es ein Treffen?

"Jawohl.

„Aber du gehörst nicht zu den …

„Ich weiß", unterbrach er ihn, „aber ich muss gehen. Kronos will es.

„Kronos und immer Kronos und der Präsident.

Frida dachte es, aber sie sagte:

„Ich werde die ganze Nacht auf dich warten.

Volmen antwortete nicht und ging auf die Straße.

Frida schloss die Tür hinter sich, und er begann, sie diagonal zu durchqueren, wobei er seinen freien Durchgang dazu nutzte, den Blick auf die Roboter-Wächter gerichtet, die wiederum seinen scheinbar ruhigen Marsch zum Großen Haus beobachteten, und dann kehrten sie zurück ihre Aufmerksamkeit auf die Straße und das Haus, in dem Frida ganz allein war.

Die Esplanade, der Brunnen, der Schatten, unter dem er Frida umarmt und geküsst hatte ... und die Stufen, die zum Großen Tor führten.

Und sechs Roboter, die Wache stehen.

Aber sie waren anders als die, die Kelf aufgelöst hatte.

Er ging die Treppe hinauf und bemerkte, wie zwei von ihnen auf ihn zukamen.

Volmen hörte nicht auf.

Seine große, starke nordische Statur schien sie alle für kurze Sekunden zu dominieren, aber es war nichts weiter als das, eine Illusion seiner eigenen Sinne.

Die Treppe war dahinter.

Sie versperrten ihm den Weg, und er hatte keine andere Wahl, als aufzuhören.

"Der Präsident wartet auf mich", sagte er. Ich bin Volmen.

"Wir wissen", antwortete einer der beiden. Komm, komm, begleite dich.

Sie drehten sich um und ließen eine Lücke zwischen sich, und Volmen trat wortlos in die Mitte, und so überquerten sie die Schwelle.

Das Zimmer war anders als das Schiff, das Kronos bewohnte?

Kreisförmig und mit glänzendem Boden, ein Äquivalent zu dem Wachs, das im 20. Jahrhundert für eine solche Aufgabe verwendet wurde, aber mit einem großen Vorteil darüber; das ist nie verblasst.

Und der Tisch in der Mitte.
Groß, zirkulieren auch, und der Präsident, mit den Mitgliedern des Rates.
Sechs, insgesamt.
Einer für jeden der Kontinente, einschließlich desjenigen, der vor Jahrtausenden am Südpol des Planeten gebildet wurde.
Volmen war von diesen stillen Anwesenheiten noch mehr beeindruckt von dem strahlenden und rätselhaften Blick des Präsidenten, dessen Leichengesicht mit eingefallenen Höhlen und nicht minder eingefallenen Wangenknochen den gleichen Glanz zu haben schien wie der Boden, auf dem er trat. sofortig.
„Du bist Volmen, der bei Frida wohnt, richtig?
Er beugte sich ein wenig näher, sein eigenes auf das des Präsidenten gerichtet.
„Warum fragst du, wenn du es schon weißt?", antwortete er.
„Antworten Sie einfach und sonst nichts.
Hat nicht geantwortet.
„Du bist Volmen, richtig?
„Ich bin Volmen.
„Und wohnst du bei Frida?
„Ich wohne bei Frida", wiederholte er.
"Hinsetzen.
Sich stählend tat Volmen dies auf dem einzigen verfügbaren Stuhl, als er erkannte, dass er von den Sechs beurteilt werden würde, für etwas, von dem er keine Ahnung hatte, und zitterte.
Aber er lag falsch.

KAPITEL V

Und er wartete, die Augen auf den Präsidenten gerichtet, und bemerkte, wie die Augen der anderen ihn schweigend musterten, was immer noch viel unheimlicher war als jede Drohung.

„Du bist ein Freund von Kelf.

Es war keine Frage, sondern eine Aussage, und Volmen antwortete mit den gleichen Worten, die er Frida schon Minuten zuvor geantwortet hatte:

„Das war es", antwortete er kalt.

Das rätselhafte Gesicht vor ihm änderte seinen Ausdruck nicht.

„Erklär das, ja?

„Er wollte Kronos zerstören und auch jedes Wesen auf dem Planeten. An alle Roboter-Wesen.

„Ist es ein Motiv?

„Für mich reicht es.

Es folgte ein Schweigen, das dichter wurde, bis der Präsident sich geruhte, es mit einer Pfeifenstimme zu brechen:

"Was weißt du über ihn?

„Von Kelf?

"Jawohl.

„Irgendwie. Anscheinend ist es ihm gelungen, aus der Großstadt zu fliehen.

„Niemand kann der Macht von Kronos oder meiner entkommen.

„Ich weiß. Aber du bist sterblich.

"Was meinen Sie?

„Dass du vielleicht Fehler hast … aber nein, Kronos.

Ein weiteres Schweigen, jetzt kürzer als das letzte.

„Jemand hilft dir, Volmen.

Er schauderte bei dieser Aussage, die auf die gleiche Art und Weise gesagt wurde, im gleichen Ton und ohne dass dieses hermetische Gesicht etwas ausdrückte.

„Könnte sein. Kelf hat Freunde in der Großstadt. Wir alle haben sie.

„Ich weiß es auch. Du bist einer von ihnen.

Zum zweiten Mal schauderte Volmen.

„Wollen Sie mir vorwerfen, es getan zu haben?

„Noch nicht, aber ich möchte etwas herausfinden.

"Und es ist.:.?

„Letzte Nacht. Du warst nicht bei Frida. Einer der Roboter-Wächter hat dich auf der Straße gesehen, als die Sonne aufging. Wo bist du hingegangen?

"Ich bin rausgegangen um zu sehen ..., um ..." er zögerte ein wenig und fügte hinzu, wissend, dass er etwas sagen musste: Ich versuchte Alvia zu sehen.

"Warum?
"Ist schön.
„Und Frida?
"Es ist zu. Ich war eingeschlafen und völlig allein, als ich ankam. Kelf war also mein Freund, und der außerplanmäßige Besuch hat nur eine kleine Strafe, und Sie wissen es, Präsident. Ich kehrte zurück, und als ich hinausging, hörte ich den Alarm. Also versteckte ich mich, da ich wusste, was passieren würde, sie könnten mich mit jemandem verwechseln und niemand stirbt gerne ohne Schuldgefühle. Der Tag dämmerte, als ich mein Versteck verließ, da es ruhiger schien, und ich ging nach Hause.
Das hatte alle Anzeichen dafür, dass es wahr war, und der Präsident stellte eine neue Frage:
„Was hat Frida zu dir gesagt, als du angekommen bist? Welche Fragen hat er dir gestellt?
Volmen hielt den Atem an.
Endlich hatte er es verstanden.
Vielleicht hatte der Präsident, von einem der Roboter-Wächter gewarnt, Frida vor dem Haus gesehen, wie sie ihn sahen, obwohl er sich dessen nicht bewusst war.
Er antwortete:
„Er war nicht im Haus.
"Nicht...?
Schweigen.
Erschreckend, obwohl es nicht viele Sekunden dauerte,
„Antwort, Volmen; Wo ist Frida geblieben?
„Als sie spät am Tag zurückkam, sagte sie, sie sei einkaufen gegangen, aber ich habe ihr nicht geglaubt.
„Ihrer Meinung nach war er die ganze Nacht unterwegs.
"Jawohl.
"Mit wem?
Volmen wartete auf die Frage und blinzelte nicht.
„Vielleicht mit Kelf", antwortete er kalt.
"Woher weißt du das?
„Sie hat mir keine Kinder geschenkt. Er empfindet keine Liebe für mich.
„Kronos hat es dir zugewiesen.
„Ich weiß, und ich habe diesen Befehl befolgt, aber sie hat es nicht getan.
"Warum?
"Für die Kinder. Er hat sie mir nicht gegeben, noch wird er sie mir jemals geben,
„Hat Frida es dir erzählt?
„Es gibt Dinge, die muss man nicht sagen.

Der Präsident brauchte mehrere Sekunden, um zu antworten, während der Rest der Ratsmitglieder schwieg, sich aber Notizen machte.

"Verlasse jetzt

Er war überrascht von dem unerwarteten Befehl, stand aber auf.

"Zu meinem Haus?

„Tu es nicht. Alvia ist bei Kronos. Geh und hilf ihr und pass auf sie auf. Alvia ist für Kronos und den Rat kostbar.

„Und Frida?

„Tu nichts, wenn du sie siehst, wenn du sie siehst, verstehst du? Aber wenn ja, und er fragt, können Sie ihm von diesem Interview erzählen, aber es auf Ihre eigene Weise dekorieren. Und jetzt geh, Volmen. Und pass auf Alvia auf. Du antwortest mir mit...

„Ich weiß, was ich mir aussetze", antwortete er und drehte sich um, um zwischen die beiden Roboter-Wächter zu stehen, die auf ihn warteten.

Er ging vor der Stille des Grabes hinaus.

Als sie allein waren, sah der Präsident sie einzeln an und fixierte dann Siegel.

„Welche Neuigkeiten gibt es von Ihrem Kontinent? "Ich frage.

Er war klein, stämmig und sah aus wie ein intelligentes Tier, nicht irgendein anderes Ding.

„Wir konnten den Anrufer nicht finden.

"Wie ist das?

Siegel hätte das aus dem gleichen Grund erwidern können, aus dem Kronos Kelfs Aufenthaltsort nicht finden konnte, aber er achtete darauf, es nicht zu erwähnen, und er antwortete:

"Er ist entkommen.

"Was ist es ...?

„Einfach, dass er entkommen ist. Als meine Hüter den Ort fanden, wo es sein sollte, war das Ding nicht mehr da.

„Wie erklärst du das?

Ohne seine gewohnte Ruhe zu verlieren, antwortete Siegel:

„Er ist einfach den Weg gegangen, den er gekommen ist.

„Ja...? Und wo ist es hin? Kronos wird es wissen wollen

„Zu den Sternen. Von dort kam es, Präsident.

"Von den Sternen ...? Das ist verrückt! Ein Ding der Sterne, das durch den Weltraum auf uns zureist, nur um Kelf zu warnen, ... nicht aufzugeben. Du machst dich über mich lustig, Siegel.

„Ich wusste, dass das Ihre Reaktion sein würde…, aber ich bringe Ihnen den Beweis, dass ich die Wahrheit sage. Proben des Ortes, an dem das Schiff, das es trug, gelandet ist und wie alles um es herum übrig war, als es abhob.

"Gib sie mir!

Und sie streckte ihm ihre knorrige Hand entgegen, die mit langen, scharfen
Nägeln ausgestattet war.
Genauso, als ob es die einer Klaue wäre. Und Siegel übergab sie.

KAPITEL VI

Sie konnte nicht schlafen, sie konnte nicht still sitzen, nichts konnte geboren werden, außer auf Volmen zu warten.

Er fürchtete diese Ankunft.

Und während sie auf diese Weise meditierte, dachte Frida an Kelf und fragte sich in Gedanken, ob er noch da war, wo sie ihn verlassen hatte, ob er sein Versprechen erfüllen würde, auf sie zu warten.

Es stimmte, dass er das Haus sofort verlassen konnte, aber nicht weniger wahr, dass Wächter-Roboter in der Nähe waren.

Es würde ausreichen, wenn einer von ihnen sah, wie sie ging, um das Große Haus zu warnen, und Kronos würde sie schicken, um zu folgen oder aufzuhören, und beides war schlecht für Kelf und für sie selbst.

Dort würden sie sie zum Sprechen bringen.

Er würde es müssen, auch wenn er nicht wollte.

Er dachte an Alvia.

Noch im Großen Haus oder bei Volmen?

Sie konnten natürlich zusammen auf dem Schiff sein, von dem aus Kronos die Geschicke der Großen Stadt und des Planeten lenkte.

Das Fenster und das Bett, das Bett und das Fenster, bis Frida schließlich, ganz ergeben, einschlief.

Als er aufwachte, war es zwölf Uhr am neuen Tag.

Volmen war nicht zurückgekehrt.

Er ging zum Fenster.

Die Straße war anscheinend die gleiche wie jeden Tag, aber es gab Roboter-Wächter, die sie von einem Ort zum anderen patrouillierten.

Frida ist von dort weggezogen.

Die intensive Suche nach Kelf ging weiter, es war, als hätte Kronos die volle Gewissheit, die Stadt nicht verlassen zu haben.

Frida erinnerte sich, was für diesen Tag geplant war, aber Volmen war nicht an ihrer Seite, um ihr zu helfen.

Alles alleine machen?

Der Brunnen, der Spaziergang, die Bäume, Liebe neben dem rauschenden Wasser eines Baches.

Es war lächerlich!

Das Essen war zubereitet, aber er konnte kaum einen Bissen zu sich nehmen, und als er fertig war, ging er noch einmal ans Fenster.

Die Roboter-Wächter waren weg.

Lächelnd.

Warte auf die Nacht.

Stundenlange Ungeduld, in deren Verlauf sich Volmen vorstellen konnte, und er wollte es auf keinen Fall.
Auf die Straße gehen?
Auch wenn er nicht wollte, er musste.
Der heutige Tag, was davon noch übrig war, war für sie allein, denn anscheinend hatte Kronos vergessen, ihr Schicksal zu bestimmen, wenn auch nur für den Augenblick.
Tat.
An der Tür, auf dem Bürgersteig, sah Frida sich um und begann zu laufen.
Sie war zufrieden.
Alles schien ruhig, ruhig, als ob Kelf nicht existiert hätte oder als ob die Tatsache nie vollendet worden wäre, aber so war es nicht.
Er sah zurück.
Nichts und niemand.
Die Menge, Arm in Arm mit der anderen Menge des anderen Geschlechts, oder einfach an ihrer Seite, bewegt sich langsam in Richtung der Orte der Erholung, der Erholung, die im Voraus programmiert wurden.
Er berührte seine Brüste.
Drinnen, zwischen dem Fleisch und dem Stoff, mit dem sie bekleidet war, ruhte die kosmische Strahlenkanone, die in der Lage war, eines der Gebäude zu pulverisieren, die sie zu ihrer Rechten oder zu ihrer Linken hatte.
Sobald er die zweite Abzweigung erreicht hatte, bog er nach links ab und ging weiter auf dem Bürgersteig, anscheinend gleichgültig gegenüber allem, was um ihn herum geschah, obwohl es nicht so war, im Gegenteil.
Er sah sie ein paar Minuten später.
Zwei Roboter-Wächter, einer in jedem Türrahmen, der in Begleitung von Alvia Zugang zum Inneren des Hauses gewährte, das Kelf bewohnte.
Frida machte einen Schritt zurück, da sie dachte, dass sie es schon vorhergesehen haben musste, aber auch sie würden sie entdecken lassen.
Er kam näher, wollte eine Frage stellen, aber der Roboter war seinen Wünschen voraus.
„Du bist Frida, richtig?
„Ich bin diejenige, die du sagst", antwortete sie und versuchte, ihre Ruhe nicht zu verlieren.
"Was willst du?
Siehe Alvia.
"Warum?
Die metallischen Augen des Roboters waren auf ihre gerichtet, und Frida fragte sich, ob er seine Antwort und sogar sein sprechendes Bild bereits an das Große Haus übermittelte.
„Es ist mein Freund", antwortete er. Der Präsident weiß es.

„Ist nicht ausreichend.

"Warum?

„Ich bin nicht darauf programmiert, Fragen zu beantworten, sondern sie zu stellen. Geh weg, Frida.

Das Mädchen biss sich auf die Lippe.

Wo kann ich es sehen?

"Zu wem?

„Zu Alvia.

„Im Großen Haus wirst du aber nicht vorbeikommen. Geh nach Hause, Frida, und ruh dich aus.

Er drehte sich um, drehte sich um und ging weiter, jetzt rückwärts. In einer der Hauptstraßen ging er zu einer öffentlichen Show, mit dem Geist, das Beste aus den Stunden zu machen, die ihm bis zum Einbruch der Nacht blieben, aber er konnte nicht.

Der Gedanke und vor allem die Erinnerung an Kelf verließ sie nicht.

Sie liebte Kelf, sie hatte ihn immer geliebt, aber Kronos schickte sie zu einem Wesen wie Volmen.

Die Sterne, die hellen Lichter, die wie Sonnen die Große Stadt in eine Glut des Lichts verwandelten.

Frida begann zu laufen.

Sich immer weiter von dem entfernen, was im zwanzigsten Jahrhundert das Stadtgebiet der Stadt genannt wurde, auf der Suche nach einem Ausweg.

Sie wollte kein Fahrzeug nehmen, da sie wusste, dass der Roboterfahrer Kronos früher oder später anrufen würde und sagte, dass sie sie um diese Zeit vor dem Haus gesehen hätten.

Startrampen ...

Ohne es zu wissen, dachte Frida über dasselbe nach, was Kelf bereits dachte, um nach ein paar Sekunden zu demselben Schluss zu kommen wie dieser.

Der Präsident oder Kronos würden Schiffe auf der Suche nach ihnen starten, sie würden sie auflösen, lange bevor sie die Galaxis, in der sich der Planet bewegte, verlassen konnten. Galaxie I. Es war schrecklich.

Zwei Wächter-Roboter tauchten fast vor ihr auf, und mit einem erschrockenen Blick, als sich ihre rechte Hand ihren Brüsten näherte, sprang sie in das dunkle Portal in ihrer Reichweite, ein paar Meter rechts von ihr und vor ihr. Sie.

Er hatte die seltsame Pistole in der Hand, als er gegen eine der Wände prallte und achtete auf seine metallischen Schritte auf dem Bürgersteig, den er gerade verlassen hatte.

Sie hörte sie sprechen und ihr Herz sank, obwohl sie bewaffnet war.

Aber sie gingen vorbei.

Frida seufzte zufrieden, legte die Waffe weg, verließ das Portal und ging
weiter.

KAPITEL VII

„Kelf …, Kelf … Bist du da, Kelf …?

Er machte noch ein paar Schritte unter der Tropfsteinkuppel und flüsterte:

„Komm schon, Kelf... bist du da...?

Dann sah sie ihn vor ihren Augen erscheinen und aus einer der Ecken der Höhle kommen, nicht lächelnd, sondern sie von Kopf bis Fuß untersuchend, genau so, als hätte sie sie noch nie zuvor gesehen.

„Du hast lange gebraucht, Frida. Ungefähr zwanzig Stunden lang "schaute er auf seine Uhr". Elf Uhr, sagte er, Tag oder Nacht?

„Es ist Nacht, Kelf. Gravieren Sie es in Ihr Gedächtnis, falls ich eines Tages nicht kommen kann. Oh, Kelf …!

Und mit einem leichten Schrei rannte sie in seine Arme.

Nachdem er sie geküsst hatte, immer noch in seinen Armen, flüsterte er:

„Komm, Kelf, wir essen zusammen zu Abend. Ich habe es noch nicht gemacht.

Er packte sie um die Taille, und sie näherten sich der kleinen Höhle, in der sie die Nacht zuvor verbracht hatten.

"Wirst du bleiben?

"Jawohl.

"Das ist gefährlich.

"Ich weiss.

„Und trotzdem...?

„Trotzdem werde ich es tun.

Aber erst nach der Hälfte begann Frida ernsthaft zu sprechen.

„Ich war bei dir zu Hause", begann er.

Er sah ihm in die Augen.

Kelfs Grautöne waren teilnahmslos.

„Ja...?

„Ich konnte Alvia nicht sehen.

Kelf wartete, anscheinend desinteressiert an dem, was er zu sagen hatte, aber er war es nicht, und Frida verstand.

„Es gab Watch Robots-Guardians. Ich habe mit einem von ihnen gesprochen, Kelf.

Er schwieg weiter, also fuhr die junge Frau fort:

„Er hat mir erzählt, dass er im Großen Haus ist. Mit Kronos oder mit dem Präsidenten. Das konnte ich nicht herausfinden.

„Und Volmen?

Frida verzog angewidert das Gesicht.

„Ich bin bei dir, oder?

„Ist es eine Antwort?

„Ist es, Kelf. Ich liebe dich; Ich habe dich immer geliebt, und jetzt glaube ich nicht, dass du daran zweifeln kannst,
Aber es gab noch etwas Wichtigeres, und das wussten sie beide.
Es war Kelf selbst, der, wie man sagt, seinen Finger auf die Wunde legte, indem er fragte:
„Wie lange werde ich hier sein, Frida?
Er sah ihm in die Augen.
„Ausgehen bedeutete für dich den Tod.
„Hier zu bleiben, hat zumindest für mich die gleiche Bedeutung.
„Erklär mir das, ja?
„Das ist schön, wenn es nicht so unheimlich wäre, zumindest in seiner Bedeutung. Sie können ... mit einem anderen Wesen des anderen Geschlechts besuchen.
„Wie in unserem Fall?
„Ja, ist es, aber für ein paar Stunden und nicht für immer, verstehst du?
„Ich denke schon." Sie sah ihn nachdenklich an und fuhr mit einer Frage fort: „Was hast du vor, Kelf?
Und in ihrer Stimme lag Angst, die er vorgab, sie nicht zu hören.
"Hinausgehen.
„Heute Nacht? Das ist verrückt.
„Heute Nacht, nein, Frida, weil ich dich hier habe, aber ich werde es tun, sobald du aufhörst zu kommen.
„Ich werde es nie tun.
„Volmen wird nach dir suchen. Sie werden es jetzt tun, wenn Sie es noch nicht tun. Sobald er Ihre Abwesenheit bemerkt, wird er einen der Roboter benachrichtigen ...
„Und das macht dir Sorgen, Kelf?
„Ja. Nicht für dich?
"Nein." Er hielt kurz inne und fügte hinzu: „Hör zu, Kelf, es gibt einen Ausweg. Hast du das richtig verstanden? Rampen starten. Du hast eine Waffe und ich eine andere. .. Ich werde dich zu den Sternen begleiten, ich möchte für immer bei dir sein, Kelf.
„Sie würden uns fertig machen, bevor wir Galaxy I verlassen haben.
„Wir werden zusammen sterben.
"Das wird nicht...
Frida unterbrach ihn fast heftig:
„Es wird so sein, es ist entschieden. Ich kann nicht zu Volmen zurückkehren. Ich kann und will nicht, verstehst du? "Er zögerte ein wenig und fuhr nach einigen Sekunden des Schweigens fort: Ich werde versuchen, die Wachsamkeit, die auf den Rampen herrscht, selbst zu überprüfen und

zu Ihrer Seite zurückzukehren. Wenn alles gut geht, gehen wir zusammen aus und...

„Gehst du jetzt?

Frida lächelte ihn an.

"Tun Sie nicht. Ich werde bei Sonnenaufgang gehen, und zu Ihrem Seelenfrieden werde ich Ihnen sagen, dass ich die Großstadt nicht betreten werde. Von hier aus können die Rampen erreicht werden, ohne dass mich einer der Roboterwächter sieht. Komm schon , Abendessen beenden.

Er reagierte nicht, aber sein agiles elektronisches Computergehirn arbeitete auf Hochtouren, bis sie schließlich zu Abend aßen.

Dann tauchte die Frage auf Kelfs Mund auf:

„Du hast mir immer noch nicht gesagt, ob du Volmen gesehen hast, Frida.

Sie ging zu ihm hinüber, nahm eine seiner Hände und zwang ihn fast dazu, ihre Taille zu umfassen.

„Ist das nötig, Kelf?“, fragte er flüsternd und strich mit seinen Lippen über ihr rechtes Ohr.

"Ja, ich denke schon.

„Okay, ich habe Volmen gesehen.

„Ja...?

„Ich halte immer meine Versprechen,

"Nichts mehr?

„Könnte da noch was sein?

„Nein, vielleicht nicht“, antwortete Kelf nachdenklich, „aber ich würde gerne wissen, was passiert ist.

Also erklärte Frida ihm alles.

"Nichts mehr...?

„Aber Kelf … ich …

Er küsste ihn bereits, ohne den Satz zu beenden, so dass die Umarmung zwischen den beiden nun lange dauerte und dennoch ließ Frida ihn mit der Morgendämmerung genau so zurück, wie sie es versprochen hatte.

Der Felsen schloß sich hinter ihr und vor ihr, bereits von der Klarheit des neuen Tages erleuchtet, sah sie den Weg, der zu dem anderen führen würde, der den Gang schloss und direkt zu ihrem Haus führte, ohne den Umweg zu nehmen, den sie hatte in der Nacht zuvor genommen. zu Kelf zu gehen, um es zu vermeiden, dorthin zurückzukehren, falls er Volmen über den Weg lief.

Dann zögerte

Noch einmal, und jetzt am helllichten Tag, musste sie einen weiten Umweg in Richtung der Startrampen machen, ohne, wie sie Kelf bereits gesagt hatte, durch die Große Stadt zu gelangen, wo sie auf sie warten würden. Volmen, dazwischen. Volmen und Alvia.

Sie ging noch einige Minuten weiter, die rechte Hand auf Brusthöhe.

Es waren sechs von ihnen, die von ebenso vielen Punkten vor seinen Augen erschienen, und als er sie sah, verstand er, dass alles verloren war.

Sogar Kelf, ihr Liebhaber von ein paar Stunden, war es. Sie hob die Hand und zog diese Art Bluse herunter, die sie trug, der Stoff zerriss und die Waffe spross in ihrer Hand.

Wahnsinnig vor Schreck, erschrocken, begann die Aggression.

Schießen.

Vor seinen Augen war ein blauer Funke, eine Feuerzunge, und der Roboter-Wächter verschwand von seiner Netzhaut, als der Baum direkt hinter ihm zu einer Marke wurde, die ebenfalls in einer Fünftelsekunde verschwand. Nicht ohne dass Frida die Hitzewelle auf ihrem Rücken bemerkt hätte, die sie fast zu Boden geworfen hätte.

Der zweite kosmische Strahl strich durch sein Haar, und er verlor sich im Berg mit dem Donnergrollen, und er drückte ein zweites Mal auf den Abzug.

Ein anderer Roboter verschwand vom Planeten, verwandelte sich in bunte Funken, aber Frida sah ihn nie, weil sie genau in diesem Moment von einem der Strahlen getroffen wurde.

Er hat nichts mitbekommen.

Es ist einfach verschwunden.

Auf dem Boden, wo seine Füße gewesen waren, war nur ein kleiner Fleck im Gras.

* * *

„Beobachtest du mich, Volmen?

"Mich...?

Es herrschte Stille, als er sie anstarrte.

Beide waren im Hause Kelf, nachdem sie erneut, aber jetzt gemeinsam, endlosen Fragen ausgesetzt waren.

Dann verließen sie das Große Haus, ganz dicht beieinander, und nach dem Abendessen an diesem Abend tauchte die Frage auf ihren Lippen auf.

„Du antwortest nicht? Komm schon, Alvia, was lässt dich das erraten?

Sie sah sich um.

„All das", sagte er mit einer seltsamen Intonation in seiner Stimme. War es Kronos, der es bestellt hat, oder hat es der Präsident einfach getan?

"Ich verstehe Sie nicht.

"Nicht...?

„Natürlich nicht, Alvia. Ich habe mit Kronos und mit dem Präsidenten gesprochen. Das ist wahr, und wir beide wissen es.

"Über was?
„Von dir. Ich habe ihn gebeten, dich mitkommen zu lassen.
„Ja...?
"Jetzt bist du hier.
„Was bedeutet, dass sie akzeptiert haben, oder?
„Ja, so ist es.
"Mag ich nicht.
Volmen sah sie überrascht an
„Warum?", frage ich." Du hast mich immer geliebt, Alvia.
„Ja", antwortete sie unbeirrt mit erschreckender Kälte. Aber nicht auf diese Weise.
„Gibt es noch einen? Kronos wählt und nichts anderes. Jetzt zählt Frida nicht mehr. Sie suchen nach ihr mit dem Befehl, sie zu töten, sie vom Planeten verschwinden zu lassen. Sie wissen, dass es Kelf geholfen hat.
„Und lass sie wissen, du hast dich darum gekümmert, oder?
„Ja, so ist es. Was ich fühle, ist, nicht zu wissen, wo er ist.
„Würdest du ihn finden?
"Natürlich.
"Nur?
"Jawohl.
Alvia ließ einige Sekunden des Schweigens verstreichen, und dann kehrte sie plötzlich zu dem zurück, was sie zuvor gesagt hatte.
„Wir haben über Kronos gesprochen.
"Ich weiß. Du hast gesagt...
-Dass mir das nicht gefallen hat.
"Warum?
„Weil meine Gefühle nicht zählen. Weder meins noch die anderen. Nur das andere Geschlecht. Ihr Volmen. Alles, was Sie tun müssen, ist zu fragen, zu wünschen und Kronos wird es gewähren.
„Und es gefällt dir nicht?
"Nicht.
"Nicht mit mir?
„Nicht einmal mit dir, Volmen.
Er kniff die Augen zusammen.
„Du redest wie Kelf, Alvia. Es ist so, auch wenn Sie es nicht merken.
Alvia funkelte ihn an.
„Ich denke nicht wie er, ganz im Gegenteil", erklärte er. Es ist ein Gefühl. Eine Idee.
„Es gibt keine Ideen, Alvia.
"Das sagt Kronos, aber denken ... Nun, es verblasst nicht. Auch nicht das Recht, Ideen zu haben.

„Sie wurden gelöscht, als Kronos die Macht des Planeten betrat.
Alvia wollte nicht widersprechen und als Volmen sah, dass sie schwieg,
stand er auf, ging um den Tisch herum und kam näher.
Seine großen Hände legten sich auf ihre Schultern, und Alvia hob den Kopf,
um ihn anzusehen.
Sie stützte sich auf ihre Lippen ... und sie wollte ihn, wie sie nie etwas
wollte, aber sie zog sich instinktiv von ihm zurück, als er versuchte, sie zu
küssen.
Volmen, ohne loszulassen, sah sie aufmerksam an.
„Was ist mit dir, Alvia? "Ich frage.
"Kelfe.
Volmen ließ sie los und trat ein paar Schritte zurück. Dann fluchte er leise.
„Was ist mit Kelf?
"Lebt noch.
„Das zählt nicht für Kronos.
„Aber ja für mich." Er verließ den Platz, an dem er saß und konfrontierte
ihn offen mit dem Zusatz „Wenn du willst, Volmen, kannst du es dem
Präsidenten sagen. Töte Kelf und du wirst mich haben, aber nicht vorher.
„Ich werde Ihnen nichts davon erzählen. Weder Kronos noch ...
Ich hörte ihm nicht mehr zu.
Alvia drehte sich um, ging von ihm weg und ging auf die Tür zu, die zum
Schlafzimmer führte.
Volmen rührte sich nicht, sah sie nur an, bis er plötzlich nach ihr rief.

KAPITEL VIII

Die vier sahen sich an.

Die Stille war beeindruckend, bis einer von ihnen sie mit einer Frage brach: „Hast du den Stein gesehen?

„Wir haben es gesehen.

Und Kelf könnte zurückbleiben.

"Kelf ist im Rückstand", bestätigte der Vierte. Aber Sie müssen vorsichtig sein. Kronos hat etwas für ihn vorbereitet, viel Schlimmeres als der Tod.

"Du weisst?

„Tu es nicht. Nur der Befehl. Es muss lebendig sein, oder es wird uns zerstören.

Sie sprachen nicht mehr.

Die vier Roboter-Wächter begannen sich voneinander zu trennen und zeichneten einen sterblichen Halbkreis, in dessen Mitte sich der riesige Felsen befand, der den Eingang zu den Eingeweiden des Planeten verschloss.

Dann hörten sie auf.

Die Entfernung war bequem.

Jetzt oder nie.

Der Robot-Guardian-Chief dachte das, sagte es aber nicht.

Er hob einfach seine bewaffnete Hand und der Blitz ging los.

Der Stein machte ein Klicken, einen Funken und knackte die ganze Länge und Breite, gab aber nicht nach.

„Ihr müsst jetzt aufpassen", sagte er zu den anderen, die wie Statuen völlig unbeweglich die Szene betrachteten.

Er richtete die Waffe und hob sie.

Auf der anderen Seite des Felsens, in der Mitte der Höhle, sprang Kelf zur Seite, trug seinen und klammerte sich an eine der Wände, die Augen auf die andere Seite gerichtet, auf den Eingang gerichtet, der verschlossen zu sein schien. und singen.

Der Boden bebte.

Über seinem Kopf knackten die Stalaktiten bedrohlich.

Noch eine Salve dieser Art, und das Dach würde einstürzen und ihn begraben.

Er dachte an Frida.

Was war aus Frida geworden?

Haben sie gesehen, wie sie da rausgekommen ist?

Es war das Sicherste, und sie waren ihr bis zum Eingang der Höhle gefolgt, aber nicht lange genug, um hineinzukommen.
Der Rest, der Rest, war erschreckend einfach.
Während sie sich liebten und umarmten, ohne zu bemerken, was draußen geschah, hatte der Tod sie verfolgt.
Alvia und Volmen im Großen Haus.
Frida hatte es ihm erzählt, und Volmen ...
Nun, er konnte die Präsidentin in den Hintergrund stellen, die zu Recht vermutete, dass sie bei ihm war, dass sie verfolgt werden musste, dass es ...
Etwas wie entfernter Donner brach vor ihm aus, er sah das Licht, das ihn fast blendete, und der Eingangsfelsen pulverisierte sich und gab den weiten Spalt frei.
Und die Klarheit der Sonne, getrübt von Staub und Trümmern, die von der Decke zu fallen begannen.
An den Wänden hängend, schwitzend, den ekelerregenden Geruch von geschmolzenem Stein einatmend, taumelte Kelf ein paar Schritte auf die Lücke zu, die er jetzt mit vollkommener Klarheit zu sehen begann.
Mit jeder Sekunde, die verstrich, klarer und der Staub wurde weniger, während hinter ihm, als er ihn zurückließ, die Decke mit dem Höllenlärm einstürzte.
Draußen, ganz in der Nähe des Eingangs, stellten die vier Wächter-Roboter ihre Waffen auf NOT KILL.
Drinnen, den Rücken gegen die rauen Kanten des Felsens gedrückt, glitt Kelf zum Ausgang.
Er wusste, dass er sich beeilen musste, sonst würde er sie nie einholen.
"Kelfe...
Ich antworte nicht.
Hinter ihm nahm das Donnern des Einsturzes an Intensität zu.
Der ganze Berg schwankte.
»Kelf ... Verschwinde da, Kelf ... oder du stirbst. Kronos will dich sehen.
Er möchte, dass Sie sich dem Rat vorstellen. Das will auch der Präsident.
Er dachte an Frida.
Was hatten sie mit Frida gemacht?
Und er antwortete nicht.
Er rückte immer weiter vor, der kurze, dicke Lauf der Waffe zeigte geradeaus und den Finger gespannt auf den Selbstauslöser.
Wie viele Ladungen hatte er noch?
Damals wusste er es nicht und kümmerte sich auch nicht darum.
Der Boden teilte sich fast zu seinen Füßen, und er taumelte weiter und packte die Felsvorsprünge mit den Fingern und Nägeln seiner linken Hand.
Die Bodenbewegung stabilisierte sich.

Es waren ein paar Sekunden, vielleicht weniger, und vielleicht würde es sich vollständig öffnen und es in die Tiefen des Planeten mitnehmen.
"Kelfe...
Der Lärm machte ihn fast taub, so dass er diesen neuen Ruf nicht hörte.
Ein paar Meter von seinem Körper entfernt fiel etwas von der Decke, und die Staubwolke hüllte ihn ein und ließ ihn husten.
Dann sprang er, aber er landete nicht auf der anderen Seite der Türöffnung, sondern rollte auf sich selbst, während die Strahlen, die sie jetzt lähmend, wie er vermutete, auf ihn sandten, um ihn herum leichte Klicks machten.
Er eröffnete das Feuer.
Einmal, zweimal, dreimal und sogar viermal, und er sah sie in einer höllischen Flamme brennen und aus seinem Blickfeld verschwinden, wie vielleicht Frida verschwunden ist.
Er stand auf und holte tief Luft.
Hinter ihm, immer hinter ihm, mit einem schrecklichen Krachen stürzte die Decke der Höhle ein, und die seismische Bewegung, die sie erzeugte, warf ihn zuerst aufs Gesicht und rollte dann mehrere Meter weg.
Gebrochen, keuchend, verschwitzt, verletzt und zerkratzt, stand Kelf auf, die Waffe immer noch in der Hand.
Nach dem Erdbeben nach dem Donner des Einsturzes war die Stille beeindruckend.
Kelf sah zurück.
Mehr als ein halber Berg war ins Innere des Planeten versunken, und vor seinen Augen lag nur ein trostloses Panorama aus zerbrochenen Felsen, zerschmetterten Bäumen und Spalten, scheußlichen Rissen in der Erde und im Fels.
Er wandte den Blick ab und sah sich um.
Kelf rief Frida an.
Einmal, zweimal, noch mehrmals, und dann verbrachte er mehr als drei Stunden damit, nach ihr zu suchen, bis er sich davon überzeugte, dass er sie nicht mehr sehen würde.
Dann begann er zu laufen.
Das sogenannte moderne Labor des späten zwanzigsten Jahrhunderts, in seiner fernen Zeit.
Das tödliche Gas, zufällig entdeckt, die Explosionen aus dem Glasrohr in seinen Händen ...
Er ging weiter auf den Eingang zu, der den Zugang zu dem Tunnel ermöglichte, der ihn zu Fridas Haus führen sollte.
Volmen würde da sein und auf sie warten, aber sie würde nie kommen.
Frida hatte alle ihre Termine ein für alle Mal abgesagt.
Das Gas ... die Explosion und später das Erwachen.

Das Zentralkrankenhaus des vermissten Washington, Bundeshauptstadt der Vereinigten Staaten von Amerika.

Das Bett und seine Augen ...

Seine Augen; er hatte sein Augenlicht verloren.

Die Bandagen um seinen Kopf und die Mutation.

Es gab keine Hoffnung, aber die Mutation trat in ihm auf, ohne dass menschliche Mittel dazu benutzt wurden, und seine Augen gewannen Klarheit und Sehkraft zurück.

Das tödliche Gas, die verlorene Formel ... und ihr Geheimnis ...

Dann das Washington Research Center und alles andere.

Über Generationen hinweg wurden seine toten Zellen von lebenden aus seinem Körper gespült, und seine biochemische Zusammensetzung wurde ständig erneuert ... wie in einer uralten nuklearen Kettenreaktion.

Das war sein Körper, eine Kettenreaktion der Millionen von Zellen, aus denen er bestand, die ein Leben hervorbrachten, das unendlich lange dauern konnte ... wenn Kronos sich nicht anders entschied, und anscheinend hatte es sich bereits entschieden.

Der Gang, die Haustür.

Kelf brauchte Stunden, um zu Volmens Haus zu gelangen, aber jetzt war sein Besuch von anderer Art. Ich konnte Frida dort nicht mehr sehen, aber ich konnte Volmen sehen. Selbst wenn er nicht wollte, würde er ihr sagen, was der Rat dachte.

Alles was ihn interessierte, einschließlich der Anzahl der Wächter-Roboter auf den Rampen, und wenn er konnte ... das Ziel waren die Sterne.

Vielleicht gab es dort einen Fluchtweg.

Die Tür schließt sich.

Mit anderen Worten, die Luke über Ihrem Kopf.

Kelf schob sie hoch und lauschte, ohne die Waffe fallen zu lassen.

Wie viele Ladungen haben Sie noch ...?

Er stellte die Frage noch nicht einmal zu Ende, die Stille im Haus war absolut, also hob er sie auf und betrat den Raum.

Er erinnerte sich an Frida.

Er erinnerte sich an sie, als er das Haus durchsuchte.

Volmen war nicht da.

In seiner liebenden Alvia?

Es war möglich, wenn der Befehl von Kronos oder dem Präsidenten gekommen war.

Die Straße.

Er klammerte sich an die Wände und ging, versuchte im Schatten zu bleiben, mit dem Rücken gegen die Fassaden der Häuser gepreßt, in der Großen Stadt, die jetzt durch ihre Stille der Stadt der Toten glich.

Die Tür.

Kelf zögerte.

Um ihn herum Stille.

Sie suchten ihn immer noch.

Das war alles; Kronos wollte die Straßen komplett frei von Fußgängern und Straßenverkehr.

Nur die Robots-Guardians würden passieren dürfen, zu Fuß oder in Raketenfahrzeugen.

Er kramte in seinen Taschen.

Der Schlüssel; Ich hatte es noch.

Er öffnete, schloß auf die gleiche Weise, ohne ein einziges Geräusch zu machen, und betrat den Korridor vor dem sogenannten Esszimmer, wo die Stühle und Tische auf dem Boden auftauchten, einen einfachen Knopf drückend, von einem der Paneele auf die Mauer.

Nichts davon war in Sicht, also vermutete er, dass sowohl Alvia als auch Volmen durch ihre Abwesenheit auffielen.

Er durchquerte das Zimmer und ging ins Schlafzimmer.

Dort wartete er, bis er sie eintreten hörte.

Kelf ging zur Tür und lauschte.

Eine halbe Stunde ... eine?

Vielleicht war es viel weniger, als er sich von dort entfernte, um am anderen Ende des Schlafzimmers zu stehen.

* * *

„Alvia.

Sie strich mit der Hand über die Tür und drehte sich zu ihm um. "Jawohl.

Es kam nicht.

Volmen dachte es, sagte es aber nicht.

"Dieser Anruf...", begann er.

Er sah sie lächeln.

Er vermenschlichte sich, wie er glaubte.

"Du hast es geschafft. Und Sie haben Kronos angelogen.

„Alle belügen Kronos ... aber er weiß es nicht. Es ist das einzige, was Sie nicht wissen können. Andererseits hast du mich auf die Idee gebracht.

„Ich weiß. Aber es war genau das, eine Möglichkeit.

„Du hast bewiesen, dass du ihn gut kennst ... oder du hast seine Gedanken gelesen.

„Ich lese nichts im Kopf, Volmen, aber wie du sagst, ich kenne Kelf, ich wusste, dass er etwas vorhatte, und ich habe es dir gesagt. Der Rest ... war dein Werk. Nun, wenn ich falsch lag ... Er lachte.

„Das gleiche wäre passiert. Kronos hätte genauso gehandelt. Die Vermittlung und dieser Anruf vom anderen Kontinent reichten aus, um Kelf zu vernichten, auch wenn es eine Lüge war. Verstehst du
„Ja, ich denke schon“, er machte eine Pause, die Volmen nicht unterbrach, und fügte nach einigen Sekunden des Schweigens hinzu: „Es kam von den Sternen, wie du sagst, oder?“ Wie wie ...?
Volmen trat einen Schritt vor und sie trat einen weiteren auf ihn zu.
Er lachte noch einmal, als sie sich gegenüberstanden, fast sich berührend.
„Ich habe eines der Rampenschiffe benutzt. Ich habe den Raketenroboter zerstört und ...
„Volmen!
„Es besteht keine Gefahr, Alvia. Die Fahrt dauert nur wenige Minuten ... Langstrecke und die Warnung nach Kelf. Ich wünschte, jemand würde den Anruf entgegennehmen, falls Sie mit Ihrem Verdacht falsch lagen, aber das war nicht der Fall, und Kelf handelte trotz allem so, wie Sie es erwartet hatten. Dann ... Nun, nach dem Anruf bin ich zurückgekommen. Eine Sache von Minuten, Alvia.
Er rückte näher, was völlig unmöglich schien.
Und sie haben mich nicht gesehen. Weder beim Verlassen noch bei der Rückkehr. Ich konnte es von hier aus tun. Fragen Sie nach dem Kontinent und darüber nach Kelfs Haus in der Großstadt, aber der Betreiber hätte es bemerkt. Jetzt sind wir beide.
Sie sagte nichts, sondern trat einen Schritt zurück und zog sich ein wenig zurück.
„Alvia.
"Jawohl?
"Ich werde bleiben. Verstehst du es richtig?
Schüttelte den Kopf.
„Kelf ist immer noch da, wie ich dir gesagt habe.
Er trat ein wenig zurück; zur Tür.
Volmen rührte sich nicht, er starrte sie nur an.
"Kronos sagte ...
„Das hast du mir schon vorher erklärt und die Antwort ist dieselbe.
„Kelfe...?
„So ist es. Er zählt nicht, aber er lebt weiter. Er und Frida.
„Kronos ist das egal.
Sie öffnete gerade die Tür, als sie den Kopf schief legte, um ihn anzusehen.
„Wir haben vorhin darüber gesprochen, Volmen.
Er öffnete es und Volmen stand in der Mitte des Raumes, die Augen auf den Rücken gerichtet.
Er sah auch, wie er es schloss, nachdem er die Schwelle überschritten hatte.

* * *

Alvia öffnete die Tür.

Er hasste Alvia; Er hatte sie immer gehasst, und zwar nicht wegen ihrer selbst, sondern wegen Kronos.

Dann kamen die Kinder, und er hasste sie noch mehr; fast mit einem irrationalen Hass, typisch für ein dreckiges Tier

Wie sie ihn hasste.

Da war sich Kelf sicher.

Es schloss sich hinter ihr und sie blinzelte ein wenig, als sie das Licht anmachte.

"Ihre!

Es war ein Flüstern, ganz leise, aber dennoch hörte er mit vollkommener Klarheit.

Er zeigte damit auf sie und sie sah ihn mit großen Augen an.

"Seit ...-, seit wann bist du hier, Kelf ...?

Ein neues Flüstern, aber klar, klar wie das Glasrohr, das vor Jahrtausenden in seinen Händen explodiert war und seine Blindheit verursachte.

„Es ist lange her, obwohl ich es ganz sicher nicht weiß. Komm, Alvia, mach weiter und setz dich. Dort auf dem Bett. Es ist ein guter Ort für Sie; der beste.

"Kelfe...

"Hinsetzen.

"Kelfe...

"Jawohl...?

„Was ... was machst du mit mir?

„Ich könnte sofort fertig werden, aber ich will nicht. Ich will es trotz allem nicht, verstehst du? Aber ich kann meine Meinung ändern. Das entscheiden Sie.

„Was soll ich tun? Weißt du von dem Anruf ...?

Kelf antwortete, indem er die Reihenfolge der Fragen umkehrte, indem er die Antwort gab:

„Ich habe es gehört. Bezüglich der anderen ... setz dich hin.

Sie reagierte im Moment nicht, näherte sich ihm, ging an ihm vorbei, streifte ihn, streifte auch den Lauf der Waffe, der sie immer wieder zwischen ihre Brüste richtete, und setzte sich dort hin, wo Kelf deutete.

Er dachte darüber nach, ob Kelf wissen würde, dass Volmen sich im Nebenraum aufhielt, in dem er als Esszimmer diente, und er sagte ja, da er behauptete, er wisse von dem Anruf vom Festland; Ich hatte es gehört.

Aber was er wiederholte, war:

„Was machst du mit mir?
"Sich unterhalten.
"Nur das?
"Jawohl.
Alvia sah sich um.
„Sie suchen dich, Kelf. Kronos sucht Sie auf der ganzen Welt.
„Das heißt, sie denken, ich hätte es geschafft, aus der Großstadt zu fliehen.
„Das hat nichts zu bedeuten, und das wissen Sie.
Es war eine Wahrheit; mehr als das, eine große Wahrheit.
„Ich weiß“, antwortete er, „Was wirst du mit mir machen? Du weißt es. Du warst im Großen Haus, mit Kronos und Volmen.
„Ich liebe Volmen.
„Ich weiß“, lächelte er. Ich habe dich kürzlich sagen hören, dass ich dich nicht haben würde, bis ich getötet worden wäre. Wenn er es tut, werden Alvia, Kronos und der Präsident euch beide fertig machen.
"Ich weis es auch.
„Es war eine Gesprächsänderung und Kelf wollte es nicht, also machte er weiter wie am Anfang.
„Sprich, Alvia“, sagte er. Ich höre Dir zu. Was denkt das Große Haus?
„Ich weiß es nicht. Und jetzt kannst du mich fertig machen, Kelf, ich werde nicht blinzeln oder zittern. Worauf wartest du?
"Noch eine Frage.
"Jawohl...?
„Die Roboterwächter der Rampen, Alvia.
Sie sah ihn mit großen Augen an.
„Du bist verrückt, Kelf, wenn du denkst, dass du den Planeten so verlassen wirst!
„Ich werde es versuchen … und vielleicht entscheide ich mich, dich mitzunehmen.
„Kronos würde es nicht zulassen.
„Aber das tue ich … und er ist sehr weit weg … obwohl er ihn so nah hat. Zumindest für dich.
Er dachte an Volmen, der nicht hereinkam, der ein paar Meter von ihnen entfernt war und auch eine Waffe trug.
Exakte Nachbildung von dem, den Kelf in der Hand hielt.
„Du wirst es nicht tun.
"Warum?
„Weil ich dich töten würde, Kelf, selbst wenn es in der Nähe der Sterne wäre. Du hast mich immer gehasst, weil ich dir nie ein Kind schenken wollte und weil Kronos mich zu dir geschickt hat, als du Frida wolltest.
Steh auf, Alvia.

"Dass...?
"Dass du aufstehst ... und zur Tür gehst
"Für was?
„Ich möchte Volmen sehen. Ich weiß, dass es da ist, seit es mit dir hereingekommen ist. Kronos hat ihn geschickt, aber nicht für deine Meinung.
"Was meinen Sie?
„Kronos ist sich Ihrer Teilnahme an meinem Versuch, ihn zu vernichten, noch nicht sicher, und er beobachtet Sie. Niemand besser als Volmen, um es zu tun. Es gibt keine Gefühle, sie sind auf dem Planeten Alvia verboten, aber nicht, wenn es Kronos passt. Das ist die Wahrheit.
„Das können Sie nicht bejahen.
„Darf ich. Ich bin der Einzige, der das kann, und das wissen Sie auch.
Alvia stand auf, verließ die Bettkante, wandte sich der Tür zu und begann zu laufen.

KAPITEL IX

Er machte nur zwei oder drei Schritte, blieb stehen und sah ihn an:

„Was willst du von Volmen, Kelf? Ihn töten?

„Ich werde dir von Frida erzählen. Wie Kronos mit ihr Schluss gemacht hat. Komm, geh.

Alvia drehte sich um, machte einen weiteren Schritt, und die Tür schwang auf, um Volmen im Türrahmen einzurahmen.

Sie legte ihre Hände an ihre Brüste, trat beiseite, und beide drückten gleichzeitig die Auslöser, und die beiden kosmischen Strahlen fanden ihr Ziel.

Volmen verschwand mit einem Lichtblitz, die Wand hinter ihm, nachdem er buchstäblich das sogenannte Esszimmer gebohrt hatte, die Tür, die den Zugang zur Straße ermöglichte und dort verlor er sich gegen die Hauswand auf dem gegenüberliegenden Bürgersteig, nicht ohne einen riesigen Lücke, stummer Zeuge seiner Passage.

Kelf seinerseits empfing ihn mit voller Brust, drehte sich komplett um und fiel mit verschränkten Armen und Beinen wie eine zerrissene Puppe zu Boden.

Mit großen Augen, sah sie an, sah sie deutlich, aber unfähig, sich zu bewegen oder ein Wort zu sagen.

Er war sich dessen bewusst, was um ihn herum geschah, aber völlig gelähmt.

Er sah, wie sie sich lächelnd über ihn beugte, sich immer mehr an seine Lippen beugte, ihn küsste, ihm die Waffe aus der Hand nahm und näher an das Wandpaneel trat.

Er entfaltete es, ohne sein Lächeln zu verlieren, nahm das automatische Mikrotelefon, hielt es an den Mund und sagte:

„Kelf ist hier bei mir. Komm und finde ihn.

Sie drehte sich um, um ihn anzusehen, nachdem sie die Klappe geschlossen hatte, und näherte sich.

„Ich weiß, dass du mich hörst, auch wenn du mich nicht sehen kannst, Kelf, verstehst du? Und das ist Ihr Ende. Ich ... ich werde dem Rat beitreten. Ich werde deinen Platz am Tisch einnehmen und du ... du wirst verschwinden,
..

Sie klopften an die Tür.

Er trat von ihr weg und öffnete sie.

Kelfs Augen folgten ihr selbst bei ihren kleinsten Bewegungen, als sie den beiden Wächter-Robotern gegenüberstand, die kamen, um ihn mitzunehmen.

Sie war schön, sehr schön, aber er hasste sie.

Er hatte sie immer gehasst.

Und er lächelte immer noch, als sie kamen, um ihn mitzunehmen.

Aber er begleitete ihn nicht zum Großen Haus.

Es blieb dort, an dem sie sich ein paar oder drei Jahre lang geteilt hatten, das wusste Kelf nicht genau, weil die Zeit für ihn nicht zählte mit den schönen, schrägen Augen, die auf die Lücke gerichtet waren, die den kosmischen Strahl öffnete, den er auf Volmen aussendete .

Vielleicht dachte sie an ihn, vielleicht erinnerte sie sich an die Vergangenheit, seine Liebkosungen und Küsse; Oder vielleicht war es einfach so, dass er nach dem, was passiert war und sah, wie sie ihn wegbrachten, nicht wusste, wie er reagieren sollte.

Oder vielleicht dachte er an Volmen, den er nie wiedersehen würde. Kelf wusste es nicht.

Er war auf dem Weg zum Großen Haus, als er das Bewusstsein verlor.

* * *

Sie hatten ihn nicht gefesselt.

Das war das erste Gefühl, das er verspürte, als er es wiedererlangte, und er sah sich um.

Sie saßen alle um den Tisch herum, genau wie er.

Aber nicht auf demselben Stuhl, den er zu anderen Zeiten innehatte, nicht auf dem der Verdammten.

Vor seinen eigenen, den Augen des Präsidenten und der beeindruckenden Stille.

Er holte tief Luft und wartete.

Es war nicht viel.

Das Schweigen wurde vom Präsidenten selbst mit einer Frage gebrochen:
„Bist du bereit, Kelf?

Er wusste, was das alles bedeutete, also antwortete er ruhig:
"Jawohl.

Er drehte den Kopf, und dann sah er sie.

An den Wänden stand eine Doppelreihe von Roboterwächtern, die Waffen in der Hand.

Seit Generationen hatte sich Kelf wichtig gefühlt, aber nie wie dieses Mal.

Kronos und der Große Rat hatten Angst.

Sie hatten Angst vor ihm; mit anderen Worten, sie waren sich nicht sicher, was er gegen sie tun konnte, obwohl sie ihn dort völlig wehrlos sahen.

Er sah den Präsidenten an.

Die eingesunkenen Höhlen in seinen Augen funkelten wie Diamanten.

„Komm rein, Alvia.

Er wusste nicht, wem er den Befehl gab, und drehte auch nicht den Kopf,
um hinzuschauen.

Ganz einfach, Kelf wartete weiter, sich dessen bewusst, was sein Schicksal
von nun an sein würde, aber er lag auf der ganzen Linie falsch.

Sie hörte ein schwaches Summen zu ihrer Linken und vermutete, dass sich
die Wand zu einer Seite öffnete, um sie passieren zu lassen, aber sie sah
nicht hin.

Er blieb regungslos, teilnahmslos.

Und es ging genauso weiter, als Alvia in seinen Blickwinkel trat und sich
dem Tisch näherte.

Sie blieb stehen, die Hände hinter dem Rücken, kalt und teilnahmslos,
distanziert, schweigend und wartete auf die nächste Frage, die nicht lange
auf sich warten ließ.

„Wussten Sie, dass Kelf Kronos zerstören würde?

"Tu es nicht. Er hat es mir nie gesagt

"Warum?

„Kelf hasste mich.

"Erkläre das.

„Er hat Gefühle. Er hat auch Ideen und das ist auf dem Planeten verboten.
Und diese Gefühle gingen an Frida, die mit Volmen zusammenlebte.

"Was sonst?

„Er wollte nie Kinder, und Kronos hat befohlen, dass wir sie bekommen.

„Sie sagen die Wahrheit?

"Jawohl

Es entstand ein leichtes Schweigen, das der Präsident in seiner Rolle als
Vernehmungsbeamter brach:

„Hast du gesehen, wie er Volmen getötet hat?

„Ja. Kelf hat es vor meinen Augen getan.

Eine weitere neue Pause, die der Präsident mit einer weiteren Frage
beendete, die jedoch an Kelf gerichtet war:

„Was hast du zu Alvias Aussage hinzuzufügen, Kelf?

"Irgendein.

Alvia sah ihn überrascht an.

Zweifellos hat er diese Antwort nicht erwartet, die in einem kalten und
unpersönlichen Ton gesprochen wurde, als ob ihm der Prozess, der gegen
ihn vor den Mitgliedern des Rates, zu denen er gehörte, geführt wurde, egal
war, bis er die Idee hatte, Kronos zerstören.

"Sie können nach Hause gehen, Alvia", antwortete der Präsident. Und warte
dort. Kronos wird Sie benachrichtigen. Hat nicht geantwortet.

Schweigend drehte er sich um und ging hinüber zum Panel. Das Summen
wiederholte sich, aber Kelf sah es nicht einmal an.

Genau wie Minuten zuvor war sein Blick auf den Präsidenten gerichtet, der ihn wieder ansah, während die anderen Abgeordneten sprachlos blieben, ihn aber ohne aufzuhören zu beobachten:

„Warum wolltest du Kronos zerstören?

„Er beendet die Roboter-Wesen. So oder so geht es.

"Was meinen Sie?

Kelf ließ ein paar Sekunden Stille verstreichen, bevor er antwortete, als er es endlich tat, wurde seine Stimme etwas höher:

„Es verwandelt uns in Roboter und nimmt uns unser Sein. Sie, Präsident, all die und ich. Und die des anderen Geschlechts.

„Das sind Ideen, Kelf.

„Ich habe sie, und es ist nicht zu ändern. Sie können nicht anders, und Sie wissen es. Kronos auch.

„Er ist der einzige, der sie haben kann. Kronos denkt.

"Ich weiß. Aber ich habe ihm meine Ideen gegeben, meine Macht, jetzt kann er mich nicht bitten, sie nicht zu haben. Sie und ein paar andere wie Sie, Präsident, haben mir bei der Aufgabe geholfen und dann hat er die Maschinen geschaffen. To die Roboterwesen, die durch ein seltsames Paradox an den Planeten glauben und ihn gleichzeitig zerstören.

"Ich verstehe das nicht.

„Nicht...? Nun, wenn ja, Präsident, gehen Sie selbst zu einem der Desintegratoren und beenden Sie mit sich selbst. Es ist eine Lösung. Kronos befiehlt und die anderen gehorchen. Das war die Idee, aber bis zu einem gewissen Punkt wir können nicht denken, wir können keine Ideen haben und wir werden bis ins kleinste Detail kontrolliert, sogar in der Liebe, deshalb muss Kronos zerstört werden.

Ein Murmeln ertönte, das ebenso schnell unterbrochen wurde, wie es begonnen hatte, als der Präsident eine seiner Hände hob und ihn mit seltsamer Fixierung anstarrte.

„Du bist verrückt, Kelf! "War das, was er sagte, nach ein paar Sekunden des Schweigens.

Kelf erhob sich und dominierte sie mit seiner Statur mit der Macht, die von seiner Titanenfigur auszugehen schien.

„Ich habe Ideen, Präsident", sagte er kalt. Ideen, die den Planeten verändern werden.

„Kronos will es nicht, Kelf. Und das ist alles.

"Alles...?

„Du kannst keine Ideen haben. Die sind von Kronos. Daher sind Sie eine Gefahr, die verschwinden muss. Er wurde ein Denker, und jetzt tut er es für alle. Sie sind die Regeln. Er hat dir auch Alvia gegeben und du hast sie abgelehnt. Du hast seine Aussage gesehen, Kelf, und das allein ist das Ende. Das Urteil lautet… Tod, aber du wirst nicht sterben.

"Nicht...?

In seiner Stimme lag etwas Seltsames, aber keiner von ihnen bemerkte es.

„Tu es nicht. Kronos gibt dir etwas ... Spektakuläreres. Dreh dir den Rücken zu.

„Was Sie tun müssen, wird geradeaus sein.

Es gab ein Zögern, einen leichten Zweifel, den der Präsident abbrach:

„Dir wird nichts passieren, Kelf. Es sind Befehle von Kronos, und er lügt nicht. Wir möchten, dass Sie nur eines selbst sehen.

In diesem Moment hob Siegel die Hand, und das grässliche Gesicht des Präsidenten wandte sich ihm zu.

„Möchtest du eine Frage stellen, Siegel? Er erkundigte sich.

"Nur einer.

"Mach es.

Er sah Kelf an.

»Es gab einen Anruf vom Kontinent, Kelf«, sagte er. Die Telefonistin sagte, jemand habe Ihnen gesagt, dass Sie etwas nicht tun sollen. War es die Zerstörung von Kronos?

"Jawohl.

„Wer war dein Kommunikator?

"Ich weiß nicht.

Siegel dachte schnell nach, vielleicht erkannte er, dass er nicht nur eine Frage stellte, sondern mehrere weitere, und startete eine weitere:

„Du meinst, du kennst die Identität des Dings nicht, das von den Sternen kam, um mit dir zu kommunizieren?

„Von den Sternen...?“ Er lachte und fügte hinzu, als der Überfluss an Heiterkeit es ihm erlaubte: „Niemand kam von den Sternen, um mich zu warnen. Das ist eine weitere Lüge für mich. von Kronos und dem Großen Rat.

"Das war's, Präsident", antwortete Siegel.

Aber er tat es, als er bereits mit seinen knorrigen Händen auf dem Tisch stand und ihn anstarrte.

„Der Prozess ist vorbei, Kelf“, sagte er. Und jetzt kehren Sie dem Tisch den Rücken zu. Ich muss dir etwas zeigen.

Er zweifelte nicht mehr.

Es tat es langsam, während wieder ein leichtes Summen ertönte, aber anders als das vor Alvias Betreten des Großen Ratssaals.

Vor ihm, weniger als einen halben Meter entfernt, hob sich der Boden, und ein Metalltisch tauchte auf.

Ein Tisch und ein Glas mit einer farblosen Flüssigkeit im Inneren.

„Trink das, Kelf.
Das Summen hatte aufgehört, und der Tisch stand still.
„Ist es der Tod?", frage ich.
„Es ist die Reise, Kelf. Kronos wird dich nicht töten.
Was bedeutet diese Reise?
„Trinken und du wirst es wissen.
Er zuckte die Achseln, streckte die Hand aus; er nahm das Glas oder sein Äquivalent und hob es an die Lippen.
Kelf trank.
Er bemerkte weder Geruch noch Geschmack und machte eine Bewegung, um sich dem Tisch zuzuwenden, konnte die Drehung jedoch nicht vollenden, da sich sein Verstand zuvor trübte und er rollend zu Boden fiel.
Er wachte viel später auf, Stunden, Tage, Monate oder Jahre später.
Kelf hatte Zeit und Raum aus den Augen verloren.
Er sah sich um und hatte das Gefühl, dass er in der Leere schwebte und sein Körper auf etwas Weichem lag.
Er schaute und sah die Riemen.
Eine Koje.
UND VERSTANDEN!
Kronos hatte nicht gelogen.
Er reiste, vielleicht zu den Sternen, und fragte sich, warum.
Sein völlig klarer Verstand stellte Frage um Frage, während seine Hände, die unabhängig mit seinem Gehirn arbeiteten, zu den Riemen wanderten.
Er stand auf.
Er trug magnetische Sohlen, die ihn am Boden der runden Kabine festklebten.
Rund und riesig.
Die Reise wäre lang.
Er verstand es, als er das Bedienfeld sah, wo die Lichter an- und ausgingen, den Fernsehbildschirm und vor allem die Bedienelemente.
Er wusste mit ihnen umzugehen.
Kelf ging zu den Platten vor.
Er öffnete einen, überquerte das Schiff auf die andere Seite und wiederholte die Operation mit dem zweiten.
Helle Sterne und Schwärze der Hölle.
Der Kosmos auf beiden Seiten und die beeindruckende Stille des Weltraums, die auch das Raumschiff, in dem er sich gerade befand, eingenommen zu haben schien.
Sogar wenn?

KAPITEL X

Kelf versuchte, sie auf seiner Netzhaut zu befestigen, indem er sie mit den Tausenden und Abertausenden verglich, die er auf früheren Reisen gesehen hatte, und war erfolglos.
Sterne und Konstellationen, die durch den Raum zu reiten schienen, schnell rückwärts, immer rückwärts.
Von dort ging er weg.
Das Gefühl der Schwerelosigkeit existierte im Raumschiff nicht.
Die Lichter vor seinen Augen flackerten weiterhin vom Armaturenbrett, und der Fernsehbildschirm blieb völlig leer.
Einen der Knöpfe drücken, versuchen Kontakt aufzunehmen ... mit wem?
Mit niemandem.
Es würde keinen Kontakt geben.
Er konnte das Schiff jedoch umdrehen und zum Planeten zurückbringen.
Aber nein, es wäre auch nicht möglich; Kronos und der Präsident hätten alles geplant, damit er nicht zurückkäme, oder wenn nicht, wäre er schon gestorben.
Wie Frida.
FRIDA!
Er hatte sie völlig vergessen.
Jetzt näherte sich Kelf langsam dem Bedienfeld, und seine Finger spielten, unabhängig von den Befehlen seines Gehirns, an den Knöpfen, während seine eifrigen Augen alles vor sich erfassten.
Er studierte die Kontrolle des Raumschiffs bis ins kleinste Detail, aber ohne die Frage, die ihn beschäftigte, aus seinem Kopf zu verbannen.
Wohin schickten sie ihn? Was war seine Umlaufbahn?
Durch den Kosmos, ohne Jenseits?
Ich wusste es nicht, ich wusste es nicht.
Zurück zurück ...
Er wusste, dass dies aus den oben genannten Gründen nicht möglich war, und doch ergriff Kelf nach einigen langen Sekunden des Zögerns eine der Kontrollen und zog an sich heran, um das intersiderische Schiff von seiner Bahn abzulenken.
Es gelang nicht.
Umgekehrt versuchte er, ihn dazu zu bringen, nach links abzubiegen, und schaute auf die elektronischen Zifferblätter, und jetzt tat er es, aber es war sehr wenig.
Keine drei Grad mehr, aber allein, als sie die Kontrolle losließ, richtete sie ihren Kurs auf und ging weiter in der Leere.

Genau in diesem Moment leuchtete die rote Anzeige auf dem Bildschirm vor ihm auf, und Kelf erkannte hilflos, dass sie aufleuchten würde, und hielt den Atem an.
Es war so.
Zuerst verwirrt, später mit vollkommener Klarheit, sah er das Leichengesicht des Präsidenten vor sich.
Neben ihm die immer schöne Alvia, die ihn anlächelte.
„Hallo, Kelf, ich nehme an, du genießt die Reise. Wie ich dir vor dem Großen Rat versprochen habe, bist du nicht gestorben, aber du hast dich auf den Weg gemacht. Und du wirst nicht zum Planeten zurückkehren. wie zuvor, denn du wirst scheitern.
Kelf antwortete nicht.
Seine Augen schienen nur Alvia anzustarren, vielleicht weil er wusste, dass sie ihn auch sah, vielleicht Tausende von Meilen entfernt.
„Hörst du mich, Kelf?
Jetzt hat er geantwortet:
"Perfekt.
„Versuchen Sie es nicht, weil …
„Ich habe es schon gehört.
„Irgendwelche Klarstellungen?
"Einige. Ich würde gerne wissen...
„Ich weiß, was Sie wissen wollen, Kelf‘, unterbrach ihn der Präsident, „und ich werde es Ihnen sagen bereit?
"Ich bin.
„Die Reise hat keine Umlaufbahn, Kelf. Nein, es kann also Millionen von Jahren dauern, bis das Schiff, in dem Sie reisen, zerfällt, weil es alt ist oder mit einem Asteroiden oder einem der Planeten kollidieren wird, die Ihnen auf Ihrem Weg begegnen könnten "er hielt inne und fragte" : An deiner linken Hand ist zusammen ein gelber Knopf, Kelf, siehst du ihn?
"Jawohl.
„Es wird viermal aufleuchten, wenn du durch den Weltraum gehst. Nur vier, mit Abständen von jeweils dreitausend Lichtjahren. Erst dann können Sie das Schiff nach Belieben und 24 Stunden lang steuern. Lange genug, um einen Planeten zu finden, auf dem Sie sich ausruhen können … um zu bleiben, wenn Sie möchten. Wenn es Ihnen nicht gefällt, genügt es, dass Sie vor diesen vierundzwanzig Stunden zurückkehren, denn wenn Sie dies nicht tun, müssen Sie ein für allemal bleiben, da das Schiff ganz allein abfliegt. Und denken Sie daran, egal ob Sie drinnen sind oder nicht, Sie werden den Planeten nie erreichen, denn der Autopilot, der nur von hier aus getrennt werden kann, wird ihn nach der angegebenen Zeit auf dem Kurs halten, der jetzt weitergeht . Sonst noch etwas, Kelf?

„Nur eins", antwortete er schnell und mit einer Ruhe, die so kalt war, dass sie Tausende von Kilometern entfernt war, ließ er Alvia in ungewöhnlichem Erstaunen die Augen öffnen.

"Ich höre dich.

„Was passiert, wenn Gelb zum letzten Mal leuchtet?

„Du wirst einen anderen Planeten, einen anderen Stern wählen, aber es wird deine letzte Chance sein.

„Und wenn ich es nicht tue?

„Du wirst ewig reisen, Kelf, für Millionen von Jahren oder bis du dein Leben selbst beendest, Kelf das Schiff gegen jedes Hindernis krachen lässt. Vergiss nicht, dass du es schaffen kannst. Drei Grad nach links für vier Minuten sind mehr als genug.

Es folgten einige Sekunden Stille.

Auf dem Bildschirm hielt Alvia den Blick ohne ein einziges Blinzeln auf ihn gerichtet.

Rechts vom Präsidenten gelegen, lassen weder seine Augen noch sein Gesicht, immer schön, perfekt, seine Emotionen durchscheinen, wenn er in diesem Moment tatsächlich welche hatte.

Kelf selbst brach es mit einer Frage:

„Wie lange bin ich schon hier, bewusstlos?

„Drei Tage, Kelf. Etwas Unbedeutendes, wenn wir nicht berücksichtigen, dass Sie sich dreimal schneller als das Licht von Kronos entfernen.

Er schauderte, unfähig, ihm zu helfen.

Es war ... als ob der Große Rat und mit ihm Kronos selbst ihn ans Ende des Universums schickten.

Außerhalb des Universums selbst.

„Um zu überleben, wirst du auf dem Schiff Tabletten und Vorräte finden, Kelf. Kronos denkt an alles. Das wird dich Tausende von Jahren dauern ... aber du musst vom Schiff absteigen, ob du willst oder nicht, um weiterzuleben. Ihre biochemische Zusammensetzung hat Ihre Ernährungsbedürfnisse nicht berücksichtigt, Kelf.

„Ja, ich weiß. Muss ich noch etwas wissen?

„Das ist alles." Er legte den Kopf schief, um Alvia anzusehen, und fragte Kelf. „Möchtest du ihr etwas sagen?

Kelf schüttelte seinen.

„Nein", antwortete er. Irgendein.

Alvia sagte auch kein Wort, aber jetzt lächelte sie.

„Warte eine Minute, Kelf.

"Jawohl...?

„Du kannst diesen Bildschirm nach Belieben anzünden, verstehst du? Sie werden in der Lage sein, Ihr eigenes Leben zu sehen und zu sehen, was Sie wollen. Und Dinge auf dem Planeten. Damit vergisst du es nicht.
Kelf sagte nichts.
Alvias Augen verfolgten ihn.
Augen, die lächelten, genau wie sein roter Mund, wie eine blutende Wunde.
Das würde ich nie sehen.
Plötzlich wurde der Bildschirm schwarz und Kelf fühlte sich unendlich klein an.
Drei Tage mit dieser Geschwindigkeit unterwegs ...
Er schüttelte den Kopf, er wollte nicht weiter denken, aber es war ihm unmöglich, also schaltete er den Bildschirm ein.
Fast vergessene oder völlig vergessene Stücke seiner Vergangenheit begannen vor seinen Augen zu paradieren.
Also immer und immer wieder, viel mehr, bis The INFINITE vor ihm auftauchte.
Die Zeit zählte nicht.
Auch nicht die Arme, die Küsse und Liebkosungen von Frida oder Alvia. und das von so vielen und so vielen Frauen, wie sie ihn in diesen Tausenden von Jahren der Langlebigkeit liebten.
Nichts zählte mehr für ihn, nicht einmal seine eigene Existenz.
Im Kosmos setzte das intersiderale Schiff seinen unaufhaltsamen Marsch fort und ließ die Sonnen, die Sterne und neue Konstellationen zurück, die der Planet der Galaxie I noch nie gesehen hatte.
Immer wieder das Labor, die Explosion, das Einatmen des tödlichen Gases und die Mutation, deren erste Wirkungen ihre Augen erreichten und sie wieder zu neuem Sehen erweckten, als die damalige Wissenschaft schon alles abgeschlossen hatte.
Die Jahre, Alvia, Kronos, Frida ..., und dieser Ruf, um ihn davor zu warnen, das Haus nicht zu verlassen, zumindest bis er mit seinem Kommunikator gesprochen hat.
Sie hätte auf ihn warten sollen.
Volmen, der Große Rat, an dem er auf dem Planeten teilnahm, als Sein-Roboter, der Kronos Leben und Gestalt gab.
Kelf schlief und aß wie ein Automat und fragte sich tausendmal, ob der Weltraum nicht sein Gehirn abgraste.
Oder vielleicht war es Zeit.
Aber Zeit zählte weder im Universum noch in der Vergangenheit, Gegenwart oder Zukunft.
Da war keine Zukunft.

Nur ein Schiff und eine Reise so unendlich wie die Unendlichkeit selbst, wo sie jahrhundertelang zu finden war.

Kelf erwachte aus seiner Apathie, als plötzlich der gelbe Knopf vor seinen Augen flackerte und erstarrte.

Eingeschaltet.

Zögernd näherte er sich den Bedienelementen, nahm sie und berührte sie dann mit seinen Fingerspitzen.

Nichts ist passiert.

Dann versuchte er, das Schiff nach rechts abzulenken, und mit einer Fügsamkeit, die ihn überraschte, wurde ihm gehorcht.

VIERUNDZWANZIG STUNDEN!

So lange hatte er Zeit.

Bei dieser Geschwindigkeit mehr als genug, um einen Planeten zu finden, der vielleicht von anderen Wesen bewohnt wird, auch wenn sie sich davon unterscheiden.

Kelf sehnte sich nach Gesellschaft, was auch immer es war.

Kronos wusste, wie man die Dinge gut mit ihm anstellte.

Aber er hatte Pech.

Nach einer sechseinhalbstündigen Kurve startete Kelf die Düsentriebwerke und stieg auf die Kruste eines Asteroiden hinab.

Unwirtlich, materiell mit Kalkstein und kosmischem Staub bedeckt, etwa tausend Quadratkilometer.

Eine Art Insel im Kosmos, die sich mit doppelter Schallgeschwindigkeit bewegte und sich der Sonne zuwandte, die er durch die Brille, die er trug, wie goldene Glut leuchten sah.

Auf der anderen Seite der Schatten.

Unsichtbarkeit, wenn man das so nennen könnte.

Entmutigt kehrte er nach drei weiteren Stunden der Erkundung in einem Raumanzug und speziellen Schuhen zum Schiff zurück, schloss die Türen fest, nahm ein paar Tabletten, streckte sich auf der Koje aus und passte die Riemen an.

Er schlief ein.

Als er aufwachte, reiste er wieder mit der Sonne zu seiner Linken und den Sternen einer neuen Konstellation zu seiner Rechten.

Er schaltete den Bildschirm ein.

Es wäre viel besser gewesen, sofort fertig zu werden, wie Frida oder Volmen und wie so viele und viele andere zu beenden, bevor die Macht von Kronos, eine Macht, die er selbst geschaffen hatte, herausgefordert würde, von derselben Macht zerstört zu werden.

Wieder und vor seinen Augen entglitt seine ganze Vergangenheit, und er sah wieder die Gesichter von Frida und Volmen und seine mit Alvia.

Kriege, Katastrophen und der erste Rat des Planeten, der sich mit Kronos befasst.

Sein Zerstörungsversuch, die Telefonstimme vom anderen Kontinent und seine Flucht, nachdem er die Roboter-Wächter losgeworden war.

Der Bildschirm war leer.

Kelf stand auf und blieb lange Zeit auf die Sternbilder zu seiner Rechten gerichtet, während zu seiner Linken die Sonne, die ihn bis dahin beleuchtet hatte, rasch in der Ferne zu verschwinden begann.

Dann umhüllte die Schwärze des Weltraums alles wie ein sterblicher Mantel.

Er kehrte zur Koje zurück und legte sich hin.

Kelf schlief ein, gestreichelt von Fridas liebevollen Armen.

Aber Frida existierte nicht mehr.

* * *

Kelf entdeckte den Planeten, als erst vor einer halben Stunde das gelbe Licht auf dem Armaturenbrett aufgegangen war.

Er beleuchtete den Bildschirm, als die Messgeräte ihm den Himmelskörper zeigten, der sich fast vor ihm in einer Entfernung von fünfzigtausend Meilen bewegte.

Er begann das Schiff zu verlangsamen, das automatisch gehorchte.

Zu seiner Linken, etwas erhöht über dem, was wir den Horizont des Raumfahrzeugs nennen könnten, blieb die Sonne, die den Planeten beleuchtete, im Weltraum fixiert.

Genau wie der, der die Wesen am Leben hielt, die den Planeten bevölkerten.

Der Bildschirm leuchtete.

Kelf hielt den Atem an und sah nach.

Es war noch weit, weit weg, aber es würde bald in Reichweite sein.

Die verlorene Formel, das Geheimnis, das Sie über Jahrtausende begleiten wird ...

Er schüttelte den Kopf, um nicht nachzudenken.

Die Distanz wurde jetzt langsamer.

Die Schiffsbremsen funktionierten einwandfrei.

Später, nachdem er die Daten gelesen hatte, die ihm die Instrumente des Schiffes über die Dichte und Schwerkraft des Planeten, seine atmosphärische Zusammensetzung und so viele andere Dinge darüber zeigten, neigte er das Raumschiff und suchte nach dem richtigen Winkel, um in seine Atmosphäre. .

Er tat es über einem bewölkten Gebiet, und die Erinnerung an den Planeten und Kronos feuerte in seinem Kopf, so dass für einige Sekunden der

rhythmische Schlag seines Herzens verändert wurde, weil er dachte, dass es
dieser sein könnte.
Es war nicht.
Er wusste es, sobald er die Wolkenbarriere überquerte, während vor seinen
Augen und in phantastischer Geschwindigkeit über den Fernsehbildschirm
Flüsse, Meere, Berge, Täler, Gras und Seen glitten.
Es war nicht der Planet, aber er hatte eine Atmosphäre und Pflanzenwelt.
Das andere ... mochte existieren oder auch nicht, aber im Moment war es
Kelf egal, nicht wenig, nicht viel.
In diesem Moment wollte er nur noch eines, auf seine Oberfläche
herabsteigen.
Aber er beeilte sich nicht.
Kelf erhob sich, nachdem er den Landeplatz für das Schiff ausgewählt und
mit den Instrumenten an Bord fixiert hatte, und blieb in der Umlaufbahn
über dem Planeten, bis in diesem Teil die Nacht hereinbrach.

KAPITEL XI

Zholta hatte Angst.

Zum ersten Mal seit langer Zeit wusste Zholta, dass er sterben würde, und er zitterte.

Sein Tod wäre schrecklich.

Sie verstand den Grund für all das nicht, aber es musste so sein, und es würde so sein, weil sie es so wollten.

Sie wartete, saß auf dem harten Boden der Höhle, kaum bedeckt mit einer Art Tunika aus Lianenstücken und Blättern bestimmter Baumarten, und die Hände auf dem Rücken gefesselt.

Und es würde passieren, wenn der zweite der drei Monde, die den Planeten beleuchteten, seinen Zenit erreichte.

Sie verstanden sie nicht, und deshalb gab es keinen Grund, ihnen Dinge zu erklären.

Das würde ihre Lage nur noch weiter verschlimmern.

Zholta schloss die Augen; Ich wusste, dass sie bald hier sein würden.

Es war so.

Die Haut, die den Höhleneingang bedeckte, wurde beiseite geschoben und Zholta öffnete etwas erschrocken die Augen und sah sie an.

Es waren fünf, aber draußen waren es noch mehr.

Sie waren die Bestandteile des assyrischen Volkes, Milliarden Jahre alt.

Die Nachkommen der anderen, die den Planeten zuerst bewohnten.

"Aufstehen.

Zholta tat es mühsam und sah sie immer noch dem Älteren gegenüber an.

Mit langem Bart, wie die anderen, mit kräftigen Muskeln, sehr hervortretenden Wangenknochen, kräftigen und kurzen Beinen und übertrieben langen Armen mit abgeflachter Nase und einem im ganzen recht eckigen Kopf, mit Ausnahme des Nackens, der war etwas nach hinten verlängert.

"Hast du etwas zu sagen?

Zholta sah sie noch einmal an.

Fast mit Haaren bedeckt, an manchen Stellen lang und dick, lockig, als wären es Borsten, und kaum bedeckt ..., wie die Wesen, die vor Milliarden von Jahren einen Planeten namens Erde bevölkerten.

Es war, als würde jenem Land, von dem die Assyrer nicht die leiseste Ahnung hatten, plötzlich die Vergangenheit lebendig.

Zholta auch nicht.

Obwohl es anders war, in jeder Hinsicht

"Irgendein.

„Weißt du, was die Strafe ist?

„Ja, aber ich habe keine Angst.
Er machte einen Schritt auf den Eingang der Höhle zu.
"Warten.
„Wozu, Kerr? Es führt nirgendwo hin.
"Ich weiß es noch nicht.
Zholta machte einen weiteren Schritt nach vorn.
Draußen, nicht weit entfernt, ließ Kelf das Schiff auf den Planeten sinken.
"Warten.
Er hörte auf.
„Wofür? Er wiederholte.
„Du könntest versuchen, dich verständlich zu machen.
„Es ist nutzlos. Ich bin anders als du und ich muss verschwinden.
Es stimmte, aber es gab noch etwas anderes, vieles mehr, über das bereits gesprochen, studiert, diskutiert worden war, um nirgendwo hinzukommen.
Es war anders und wurde nicht verstanden.
Selbst wenn er sprach, verursachten sein Gespräch oder seine Worte Angst, selbst bei den Mächtigsten von Assyrien.
Die Trauer; zum Tod.
„Es ist wahr, Zholta. Lass uns gehen.
Er reagierte nicht und begann zu laufen.
Draußen die Felsen, der Mond, die Sterne, die im Schwarz des Himmels leuchten, die Bäume und die Höhlen, die die Assyrer beherbergten.
Alle leuchteten auf, denn es gab ungefähr hundert oder vielleicht mehr brennende Äxte, aus denen das Harz sickerte.
Ein ziemlicher Trauerzug für Zholta, der bei seinem Anblick erschauderte.
Und Stille, denn aus diesen Kehlen drang kein Laut, auch wenn er unausgesprochen war.
Nur diejenigen, die einem Geschlecht entsprachen, außer ihr, die das Gegenteil war.
"Gehen.
Er ging weiter zwischen den Felsen, wo seine Füße, völlig barfuß, wie die der anderen, nicht die geringste Spur hinterließen, in Richtung der von Felsen mit spitzen Kanten umgebenen Esplanade.
Ein paar Minuten später sah Zholta den Scheiterhaufen und den großen Felsen, der mit allegorischen Schnitzereien gefüllt war, die den feindlichen Gott der Assyrer darstellten.
Abgerundet in einem monströsen, abweisenden Kopf.
Dort würden sie sie opfern.
Zholta ging, ohne einen einzigen Fehltritt zu machen, stieg die kleine Treppe hinauf, die den Zugang zum Sockel mit dem Gott ermöglichte, und

blieb so stehen und wartete darauf, dass der alte Kerr sich ihr näherte, wie er es tat.

Er band ihre Hände los und zog ihr die Tunika aus.

Dann warf er es beiseite, etwas weg von dem Stein, wo er es binden wollte. „Gib mir deine Hände, Zholta.

Sie tat es und band sie wieder, aber jetzt vor ihrem Körper, und dann eine dicke Ranke um ihre schmale nackte Taille und band sie so an den hohen Stein.

„Möchtest du etwas, bevor wir fertig sind?

"Nicht.

"Warum?

„Ich habe deine Gedanken gelesen.

„Und was siehst du?

"Verrat.

Kerr zuckte zusammen, als wäre er von einem Lachanfall besessen, aber seine kleinen Augen, die fast in ihre Höhlen versunken waren, glänzten anders.

„An was und an wen?

„Nach Assyrien, das ist dein Volk. Du bist alt, Kerr, sehr alt ... aber trotzdem ... du brauchst mich immer noch. Ein Wort von Zholta, und du würdest sie für mich bekämpfen, aber Zholta sagt es nicht. „Er schloss die Augen und fügte hinzu:" Geh jetzt, Kerr.

"Verdammt nochmal...

Er wandte sich ab.

Die Stille war grimmig.

Die Äxte beleuchteten weiterhin geisterhaft die Szenerie, die nun im Boden steckte und einen Halbkreis um den Gott und das Opfer bildeten, das sie opfern wollten.

Sie sprachen nicht.

Aber schweigend stapelten sie trockene Äste und Baumstämme um den Sockel, auf dem Zholta stand.

Sie wollten es verbrennen.

Ein einziges Wort, und vielleicht ... aber Zholta würde es nie sagen.

* * *

Kelf sah die Prozession eine halbe Stunde, nachdem sie das Interside-Schiff verlassen hatten.

Es gab eine Atmosphäre, und die Schwerkraft des Planeten war derjenigen ähnlich, die er vor sechstausend Lichtjahren aufgegeben hatte, aber

trotzdem hatte er, vielleicht wegen der Gewohnheit bei anderen Flügen, den Raumanzug angezogen und nicht die Glasglocke.
Die kosmische Strahlenkanone glühte in seiner Hand.
Fünfhundert Ladungen, und keine war verwendet worden.
Lichter in der Ferne, sich bewegend, den Eindruck erwecken, ein Fackelzug zu sein ..., als würde jemand auf dem Planeten Erde einen dieser berühmten Voodoo-Tänze des 19. oder frühen 20. Jahrhunderts vorbereiten.
Kelf blieb wie angewurzelt stehen, zögerte ein paar Sekunden und ging weiter, langsam, völlig geduckt zwischen den Felsen und dem Unterholz, ihnen nun folgend,
Die Esplanade.
Hinter einem kleinen Felsmassiv versteckte er sich, heftig erstaunt über das Bild, das sich vor seinen Augen zu entfalten begann, so unerwartet wie unglaublich.
Zwei Wesen des anderen Geschlechts, gefolgt von anderen, in einem Trauerzug.
Das Gewand auf dem Boden, und sie, völlig regungslos, auf dem Felssockel.
Kelf berührte leicht die Abzugsfeder seiner Pistole.
Aber konnte er sie so beseitigen, so?
Ja, aber er sollte nicht.
Vielleicht war es der Grund für die große Gruppe, dass ...
Sie wollten sie lebendig verbrennen!
Kelf verzog das Gesicht und sah sie an.
Sie haben geredet.
Er konnte die Worte nicht hören, aber diese Wesen verstanden sich, wie die ersten Bewohner der Erde, und nicht gerade durch Gesten.
Jetzt entfernte er sich von ihr.
Alt, sehr alt, affenartig.
Kelf hob die Waffe, feuerte aber nicht.
Ich konnte es immer noch nicht.
Unterdessen wuchs der Holzscheitel neben ihren Füßen.
Es war blond.
Sein dunkler Körper leuchtete im Licht der Fackeln und des Mondes, der drei Monde, die diesen Planeten erleuchteten, als hätte er sein eigenes Licht.
Kleine, runde und feste Brüste, wie er es mochte, feste Hüften und lange Oberschenkel, die im perfekten Knie enden, gefolgt von der wohlgeformten Wade und kleinen, nackten, nackten Füßen.
Es war wunderschön.
Kelf sagte sich, dass er etwas tun musste.

Die Fackeln bewegten sich jetzt auf sie zu, und aus der Nacht erhob sich ein Murmeln, das immer stärker wurde.

Diese Verrückten wollten den Scheiterhaufen in Brand setzen.

In diesem Moment drückte Kelf den Abzug, zielte aber nicht auf die Gruppe.

Der Blitz zischte fürchterlich, schlängelte sich zwischen den Fackeln hindurch, und ein tonnenschwerer Felsbrocken, etwa fünfzig Meter rechts von der Gruppe, flammte zu einem blau-orangen Feuer auf, explodierte und verschwand.

Die Fackeln erstarrten, und das Murmeln verstummte vollständig.

Kelf wartete noch drei Sekunden und drückte ab.

Ein uralter Baum explodierte in der Nacht, beleuchtete das dargestellte Gemälde und verschmolz in weniger als einer Fünftelsekunde mit der Nacht.

In diesem Moment ließ er sich sehen, getrieben von einer Idee, die ihm in diesem Moment gerade eingefallen war.

Er ging auf sie zu, Schritt für Schritt, den Lauf der Waffe auf Hüfthöhe, und sein seltsamer weißer Anzug tat, was die kosmischen Strahlen nicht konnten.

Die Strecke.

Er hörte sie erschrocken schreien, die Fackeln fielen zu Boden, und ihre hastigen Schritte verloren sich schnell in der Nacht zwischen den Felsbrocken und der Heide, die die Umgebung infizierte.

Kelf beschleunigte seine Schritte, und plötzlich stand er vor ihren Augen.

Schwarz, teilnahmslos, als ob ihn das, was er sah, nicht überraschte oder keine Angst hätte.

"Wer bist du?

„Zholta.

"Was machst du hier?

„Sie wollten mich Asiris opfern. Er ist der Gott ihres Volkes.

"Du bist anders.

„Ich weiß", er hielt inne und fügte überrascht hinzu: „Du … du kommst von den Sternen.

Kelf verlor ein paar Sekunden Zeit, bevor er antwortete:

"Woher weißt du das?

Die großen schwarzen Augen glitten von seinen und er sah ihren Blick zum Himmel empor.

„Ich rede mit ihnen", sagte er schlicht.

Kelf antwortete nicht. Er schnitt durch die Ranken, die sie an den hohen Stein hielten, dann riss er sie weg.

Dann bückte er sich, hob das Gewand auf und reichte es ihr.

„Bedecke dich", sagte er.

Er sah sie lächeln.

„Warum wollten sie dich töten?

"Sie verstehen mich nicht.

„Ist es ein Motiv?

"Jawohl.

Er band sich seine Tunika um seine schmale Taille und starrte sie immer noch eindringlich an.

„Du hast Angst vor mir?

"Nicht.

Die verlorene Formel, die geheime Rué hatte ihn schon seit ...

Da fragte er:

"Du kommst mit mir?

"Zu den Sternen?

Und er weitete die Augen.

„Ja, das stimmt", antwortete Kelf.

Ein Sohn, sie konnte es, seine biologische Zusammensetzung war dieselbe wie ihre, auch seine Fortpflanzung.

Er dachte an Kronos und wunderte sich, dass in diesem Moment kein Hass auf ihn oder auf Alvia, die schon gestorben wäre, vorhanden war.

Ja, es hatte seit Jahrtausenden aufgehört zu existieren.

Kronos würde jedoch noch ertragen.

Es war das Gesetz von Leben und Tod.

Er streckte seine Hand aus und nahm eine seiner eigenen.

„Komm", sagte er.

Sie begannen schweigend, dicht beieinander, zwischen Felsen, Schmutz, Staub und Gestrüpp zu gehen.

„Wie bist du an diesen Ort gekommen?

Er sah, wie sie mit den Schultern zuckte.

"Ich weiß nicht.

"Was meinen Sie?

"Meine Rasse lebt auf der anderen Seite des Planeten, wo jetzt die Sonne scheint ... ich ... ich habe diese Umgebung immer gesehen, also glaube ich, dass einige von ihnen mich mitgebracht haben, als ich noch klein war.

„Wie hast du die Rückgabe nicht versucht?

„Es war unmöglich. Selbst jetzt ist es das... Wenn du mich nicht auf das Ding nimmst, das dich von den Sternen hierher gebracht hat.

„Soll ich das?

„Nicht. Aber ich möchte von diesem Planeten verschwinden. Ich werde mit dir gehen. Zholta versteht weder Leben noch Tod. Sie versteht auch nicht, dass sie sie töten wollen oder dass sie sich gegenseitig töten. Zholta will nur

Frieden und Ruhe Deshalb möchte er diesen Planeten verlassen "sie legte den Kopf schief, um ihn anzusehen, und fuhr langsam fort": Zholta wird dir Kinder schenken, Kelf.

Er blieb abrupt stehen, ließ ihre Hand los und sah sie offen an.

„Woher weißt du das alles?

„Ich lese in Gedanken. Es ist ein Geschenk, Kelf. Als ich dich sah, wusste ich, dass du von den Sternen kommst ... und dass es einen Kronos und einen Alvia gibt. Wer waren sie?

Ohne ihre Frage zu beantworten, antwortete er mit einer anderen:

„Telepath?

Zholtas Augen weiteten sich.

„Was ist das?" fragte er." Ich verstehe dich nicht, Kelf.

"Was du in deinem Kopf gelesen hast", kommentierte er

"Heißt es so ...? Nun, es ist wahr. Deshalb lachen sie, um mich zu töten. Ich kenne von jedem alles Böse und Gute, das er in sich trägt.

„Das ist ein Bonus", murmelte Kelf, ergriff wieder ihre Hand und zerrte an ihr.

Zholta antwortete erneut und antwortete:

„Und verärgert. Es nimmt anderen das Vertrauen, und das lässt Zholta immer allein sein. Wer ist Alvia?

„Er ist schon gestorben. Vor Tausenden von Lichtjahren starb es.

Wieder sah er ihre Überraschung.

„Ich verstehe nicht, was Sie mir sagen wollen.

„Ich werde es dir im Laufe der Zeit erklären, Zholta ... weil ich dir etwas geben werde, das ich nur im Kosmos besitze. Oder zumindest denke ich das. "Was ist...?

Sie sah aus wie ein Kind, oder vielleicht war sie es in gewisser Weise, weil sie die Fragen stellte, aufgrund ihrer Neugier, und Kelf versuchte, sich vor diesem anderen zu verschließen, das vielleicht viel mächtiger war, als ihr Besitzer vermuten würde.

„Das erzähle ich dir auf dem Schiff", antwortete er.

Zholta antwortete nicht, denn in diesem Moment erreichte sie der vielleicht mit einer Schlinge geworfene Stein oder etwas Ähnliches.

Kelf hörte ihr Stöhnen, sah, wie sie sich umdrehte und wie ein Sack zu Boden fiel, und musste sofort loslegen, als ein Steinregen um ihn herum zu fallen begann.

Die Assyrer griffen sie nach dem ersten Moment der Panik und der Verschleppung ihres frustrierten Opfers auf die einzige ihnen bekannte Weise an.

Kelf kroch zu ihr, die vollkommen still im Gras stand, und blieb stehen, sobald er an ihrer Seite war.

Dann, als er zurückblickte, sah er sie.

Nicht für alle, aber ja für einige.

Es konnte das Lachen in Sekundenschnelle beseitigen, aber es tat es nicht.

Die Vorstellung widerte ihn an.

Sie taten, was sie für fair hielten ... und nicht von Kronos oder dem Präsidenten des Planeten gezwungen.

Er feuerte zweimal, und die Felsen, die sie bedeckten, verschwanden in Funken und stechendem Rauch. Zum zweiten Mal sah er sie durch die Büsche, Bäume und Felsen rennen und schreien, wieder einmal von dem Dämon der Angst besessen.

Kelf verlor keine Zeit, er nahm Zholta in seine Arme und rannte mit ihr, ohne die Waffe fallen zu lassen.

Das Schiff.

Er kletterte die Leiter hinauf, trat ein, seine Lungen drohten zu explodieren, und legte sie auf die Pritsche.

Er sehnte sich nach Gesellschaft. Er hatte es seit Stunden, Jahrhunderten und Jahrtausenden gebraucht, und jetzt hatte er es.

Er drehte sich um und schloss die Zugangstür zum intersideralen Schiff, wohl wissend, dass es zum vorher festgelegten Zeitpunkt die Leiter aufheben und ins All starten würde, um wieder den geplanten Kurs, ebenfalls im Voraus, auf einer Reise einzuschlagen, die schien kein Ende zu nehmen.

Kelf kehrte an Zholtas Seite zurück.

Auf dem schönen, von langen blonden Haaren bedeckten Kopf war Blut.

Er fuhr fort, sie zu untersuchen, da er wusste, dass es sich nur um einen vorübergehenden Bewusstseinsverlust durch den Stein handelte, und heilte sie dann mit erfahrenen Händen.

Als es wirklich war.

Draußen, gegen den Rumpf des Schiffes, wurden die Schläge lauter und lauter.

Sie griffen sie an.

Kelf rührte sich nicht.

Es war ihm egal.

Selbst wenn sie über andere, viel modernere Waffen verfügten, würden sie keine Delle in dieser mächtigen Hülle hinterlassen, die selbst bei den erschreckendsten Reibungen nicht schmelzen würde, wenn sie in eine Atmosphäre eintreten oder sie einfach durchqueren.

Als Zholta sich von seiner Ohnmacht erholte, sah er die Sterne mit unglaublicher Geschwindigkeit rückwärts durch den Weltraum gleiten.

Zholta, fasziniert von einem Schauspiel, das sie zum ersten Mal sah, näherte sich einer der Tafeln und beobachtete sie lange, bis sie sich plötzlich von dort abwandte und im ganzen Schiff nach Kelf suchte.

Sie wollte ihn fragen, wohin sie wollten, geleitet vor allem von ihrer natürlichen Neugier auf alles, was sie sah. Habe es im Labor gefunden.

* * *

„Du hast schon lange nichts mehr gegessen, Kelf.

Er sah sie an.

Sie war wunderschön, sehr schön, aber er hatte sie noch nicht geküsst.

Er dachte darüber nach, aber er antwortete:

„Ja, so ist es.

„Komm, komm mit mir.

Es kam ihm näher.

Wie lange war er eingesperrt?

Zholta stellte sich die Frage, als er näher kam, unfähig, sich selbst eine konkrete Antwort zu geben.

Tage, Monate oder Jahrhunderte; auch für sie zählte die Zeit nicht mehr.

Gläser entfernen, Zahlen vergleichen und noch mehr Zahlen, zerrissene Papiere auf dem Boden, voller unverständlicher Zahlen, mit Augen und Gesicht voller Müdigkeit; Augen, die sie jetzt sehr aufmerksam anstarrten.

„Geh weg, Zholta 'hörte ihn sagen', das' ist fast vorbei, und ich möchte es nicht länger hinauszögern.

"Was ist es?

Kelf zwang sich zu einem Lächeln.

„Du liest im Kopf.

„Aber nicht deine, Kelf. Du hast es mir verschlossen.

„Und es gefällt dir nicht?

„Ich zähle nicht, denn dein Wille ist mein.

„In diesem Fall geh, verstehst du?

dachte Kelf.

Zwei Schiffsstopps ... und er musste eine Welt für Zholta finden. Eine Welt für uns beide; es war wichtig, dass es so sein sollte.

Zwei Stationen, und die Reise, die niemals enden würde ... aber Zholta wäre schon tot, wenn das passierte, und er wollte es nicht.

Sie wollte nicht gehen, sie näherte sich ihm weiterhin mit einem Ausdruck in den Augen, den er noch nie zuvor gesehen hatte.

Er umkreiste den Tisch, hinter dem er stand, und jetzt legte er seine Hände auf ihre Schultern und lehnte sich immer mehr.

„Ich werde dir Kinder schenken, Kelf“, flüsterte er. Es ist dein und mein Wille, verstehst du?
Und zerquetschte sie; Lippen gegen ihre.
Die Umarmung dauerte lange, vielleicht Stunden, und die Zeit drängte, also musste Kelf sie wegstoßen, hätte sie fast ohrfeigt und, ohne ihre Überraschungsgeste sehen zu wollen, sagte er:
„Wir verschwenden Zeit, Zholta.
„Und es gefällt dir nicht?
„Ja, aber wir dürfen nicht. Nicht jetzt. Geh und warte auf mich. Ah! Schalten Sie den Bildschirm ein. Sie werden mit Ihren Augen Dinge sehen, die Sie interessieren werden ... und die ich Ihnen nicht erklären kann.
Er küsste sie noch einmal, und endlich sah er sich allein vor den Flaschen im Schiffslabor und den Zahlen, die er monatelang zusammenzufassen versucht hatte,
Nun war alles fertig.
Er würde Zholta all seine Macht geben, und dann… würde er all diese Papiere wieder verbrennen, all diese Formeln, die Jahrtausende lang geheim gewesen waren, sogar für Kronos selbst.
Ideen ...
Dass sie auf dem Planeten nicht zu haben waren, weil Kronos sie verbot.
Bah!
Als er näher kam, stand Zholta vor dem Bildschirm und hielt eine lange Tube Orangenlikör in der Hand.
„Trinken“, sagte er.
Überrascht sah sie ihm in die Augen, dann streckte sie die Hand aus und nahm es.
„Es ist… was ich auf dem Bildschirm gesehen habe, richtig?
„Ja, so ist es.
Zholta trank.

KAPITEL XII

Er war erschrocken, sobald er aufwachte.

Im Inneren des Schiffes geschah nichts, aber er wusste, dass sich etwas geändert hatte. Es war seine Intuition, der sogenannte sechste Sinn, der ihn warnte, und Kelf stand auf.

Neben ihm schlief Zholta friedlich.

Um ihn herum setzte das Schiff seine Reise fort, aber da war noch etwas; etwas habe ich nicht verstanden.

Sie schienen sich nicht zu bewegen oder sich zu bewegen, was im Weltraum nicht ungewöhnlich war, aber es gab ein vages Gefühl, als ob sie nur schweben würden, als ob sie treiben würden.

Kelf zog sich an und rannte zu einer der Tafeln, die er öffnete, um sie anzusehen.

Schwarze

Er ging zum anderen, schritt mit seltsamer Eile das Schiff von einem Ende zum anderen und führte dieselbe Operation aus.

Schwärze, ohne einen einzigen hellen Punkt, um die Position der Sterne anzuzeigen, einfach weil es keine gab.

Er fuhr sich mit den Händen über die Augen, aber dieser schreckliche Anblick blieb bestehen.

Es gab nirgendwo Sterne, das Schiff hatte die Mauer überquert, die die Grenzen des Universums trennte, und war nach seinem unaufhaltsamen Marsch ins Nichts eingedrungen.

Zwei Stopps ... und einer davon wäre, vierundzwanzig Stunden rückwärts zu fahren ... was sinnlos wäre, da der Autopilot des Intersiderschiffs auf den Kurs zurückkehrte, den es jetzt einschlug.

Kelf trat von der Tafel weg und ließ sich auf das Erste fallen, was er fand, und so fand Zholta ihn eine Stunde später.

Von diesem Moment an wusste keiner von ihnen, wie viel Zeit verging, aber es waren Jahrhunderte, in denen sie durch diese schwarze Masse segelten oder zumindest glaubten, die sie für immer absorbiert zu haben schien.

Es war eines Morgens, glaubte Kelf, als er in der Ferne vor dem Schiff die ersten hellen Flecken sah.

"Zholta" schrie fast. " Hör zu.

Sie rannte an seine Seite, und sie beobachteten sie lange, bis sie anfingen, das Schiff zu umkreisen.

„Sie sind… sie sind Sterne, Kelf, Welten, die sich bewegen. Jetzt werde ich dir die Kinder geben, die ich dir verweigert habe, wenn wir in dieses Grauen geraten, Kelf.

Er reagierte nicht, er sah nach, und während er es tat und mit der Zeit beschleunigte, beschleunigte sich sein Puls, weil dort etwas vor sich ging, was er nie geahnt hatte.
Etwas viel Unglaublicheres als alles, was sie zurückgelassen hatten!
Die Sterne, die Konstellationen, die Nebel ...
Kelf fuhr sich mit der Hand über die Stirn und schloss die Augen.
Das Bild blieb bestehen ... und das Schiff setzte seinen unaufhaltsamen Marsch fort, ohne ihn aufhalten zu können.
Sie würden vorbeikommen und Zholta ...
Nein, ein solches Ereignis würde nicht eintreten.
Kelf wusste es Tage später, als vor seinen Augen das gelbe Licht zu leuchten begann, und er wartete keine Sekunde mehr.
Er übernahm das Steuer und ohne ein Wort zu sagen, während Ihre Zholta schweigend an seiner Seite stand, ihn beobachtete und den Kurs festlegte.
Stunden, die seiner Meinung nach lange dauerten oder vielleicht sogar Wochen, obwohl er wusste, dass das nicht sein konnte, da er erst vierundzwanzig Jahre alt war, als die Spitze vor dem Schiff zu wachsen und zu wachsen begann.
Die Wolken, die Wüsten, die Täler, die Hügel, die Seen und die Kontinente kamen.
„Werden wir absteigen?
"Jawohl.
Kelfs Stimme war heiser, und seine Stirn schwitzte.
„Welcher Stern ist das?
„Der Planet, Zholta. Die Erde. Mutter der Galaxis I
Und nicht einmal er selbst verstand erst viel später die Bedeutung seiner eigenen Worte.
Er trat in die Erdatmosphäre ein, nur mit dem Gedanken, so schnell wie möglich auf die Oberfläche des Planeten abzusinken, aber er wählte zufällig ein Gebiet im Schatten in der Nähe der Großen Stadt am Rande des Planeten.
Kelf wollte etwas herausfinden.
Auf dem Boden drehte er sich um, um sie anzusehen.
„Können Sie mit dem Schiff umgehen?“, frage ich.
"Du hast es mir gezeigt.
„Ich muss etwas herausfinden, und es wird ein paar Stunden dauern“, erklärte er weiter. Du bleibst, verstehst du? Sie kleiden sich nicht wie du, und ich möchte nicht, dass du auffällt. Aber wenn es aus irgendeinem anderen Grund nicht zurückkommt, wirst du die Erde verlassen, ohne andere Hilfe als die des Schiffes ... und du wirst nicht mehr als einmal anhalten können. Tu es ... mit deinem, auf deinem fernen Planeten, Zholta.

Aber schauen Sie genau hin, das Licht geht nur einmal an ... und Sie sollten die Bedienelemente nicht berühren, wenn dies passiert. Lass das Schiff alleine navigieren, als wäre nichts passiert, verstehst du?
"Jawohl.
„Dann warten Sie, bis es sich wieder einschaltet, und dann ... finden Sie Ihren Planeten.
"Aber...
Er wartete nicht, und Kelf verließ das Schiff.
Die Vorstadt.
Da blieb er stehen und erstarrte, denn das war einfach unglaublich.
Sie standen da, fast vor ihm, in einer der Ecken, mit dem Rücken.
Zwei Roboterwesen.
Zwei Kronos-Roboter.
Kelf legte die Hände an die Augen und rieb sie wütend.
Als er fertig war, sah er nach.
Da war kein Fehler.
Er machte einen Schritt, einen anderen und zögerte, als ein schrecklicher Verdacht begann, seinen Geist zu ergreifen, und er blieb stehen.
Vor ihm bewegten sich die Roboterwesen nicht.
Aus Wachsamkeit...?
Die Idee.
Es war schrecklich.
Kelf begann sich zurückzuziehen.
Ich war am gleichen Ausgangspunkt.
Es war, als wäre nichts passiert ... aber was musste passieren.
Er war von der Stadt zu einer Reise von Jahrtausenden, Tausenden von Lichtjahren aufgebrochen und hatte das gleiche Ziel erreicht ... wo alles genau gleich war.
Mit großen Augen, einem Ausdruck des Wahnsinns im Gesicht, wich er Schritt für Schritt zurück.
Alvia und Kelf...
Volmen und Frida.
Er erinnerte sich, als die Schwärze das Schiff auf diesem entsetzlichen Gipfel der Sterne verschlang, ohne einen einzigen Lichtpunkt. Er hatte die Enden des Universums erreicht, er hatte sie zwischen einer milchigen Masse von Schwärze überquert ... und dieser schwarze Gipfel, den er Lichtjahre lang überquerte, hatte als Brücke gedient, als Trichtertunnel, um die Barrieren der Raumzeit zu durchbrechen , Rückzug im Vergangenen bis zu seiner Zeit
Es war ... unverständlich, aber es geschah.

Er war Tausende von Lichtjahren in die Zukunft gereist, seit sie ihn von der Erde abheben ließen, von Kronos vertrieben, um in die Vergangenheit zurückzukehren, und dabei alle Gesetze gebrochen, die die Raumzeit unterstützten.

Es machte seine eigene Epoche, in der alles ... gleich weitergehen würde.

Er wusste jetzt nicht einmal, ob das Schiff mit Zholta hinter ihm weiterfahren würde, ob dieses in seine Zeit zurückgekehrt wäre ... wenn er auf dem Weg zur Großen Stadt, dem Hauptquartier von Kronos, des Präsidenten, des Großen Rates Er hatte diese Barrieren durchbrochen ... nachdem er eine Umlaufbahn des Wahnsinns verfolgt hatte.

Mit betrunkenen Schritten, in dem Wissen, dass er, wenn er blieb, trotz Kenntnis der Tatsachen, wenn er die Große Stadt betrat, nicht verhindern konnte, dass sie sich wiederholten, da der Lauf der Geschichte nicht geändert werden konnte, zog er sich weiter in die Schatten zurück zitternd, sein Gesicht verzerrt, auf das interstellare Schiff gerichtet, nicht wissend, wie er schon dachte, ob es in die Zukunft zurückgekehrt war.

Kelf hatte Glück.

Zholta brauchte Stunden, Tage und Monate, um zur Realität des Augenblicks zurückzukehren.

Es war in dieser Nacht, als sie ihn umarmte, als sie ihm ins Ohr flüsterte:

„Wir werden mit meinem Volk auf meinen Planeten Kelf zurückkehren ... und ich werde die Kinder haben, die ich mir wünsche.

„Ja, was immer du willst, Zholta", antwortete er und küsste sie. Wir werden in Ihre Zeit zurückkehren.

Sie hat ihre Augen viel geöffnet.

„Meine Zeit...? Ich verstehe dich nicht, Kelf.

Er schloss die Augen und versteckte seinen Kopf an ihrer kräftigen Schulter.

„Eines Tages ... ich werde es dir erklären ... aber er hat keine Sehnsucht. Nicht jetzt.

Ich würde ... aber es war schrecklich ...

Alvia und Kelf.

Alvia und er selbst.

Ein Sprung zurück in den Kosmos ... und alles war beim Alten.

ENDE

www.ingramcontent.com/pod-product-compliance
Lightning Source LLC
Chambersburg PA
CBHW031401160726
47993CB00003B/1059